OXFORD

2

- Toutes les activités d'écrit, proposées dans ce livre, doivent se réaliser dans un cahier à part, jamais dans le livre.
- Todas las actividades de carácter escrito, propuestas en este libro, se deben realizar en un cuaderno aparte, nunca en el propio libro.

SILHOUETTE

PACK LIVRE DE L'ÉLÈVE

avec version numérique

Tableau des contenus

Écouter	Parler	Écrire	Projet à 360°
Émission de radio : Les délégués de classe se présentent	• Se présenter et présenter quelqu'un • Parler de soi **Phonétique :** La prononciation de la consonne finale au féminin	**Post en ligne :** • Écrire un profil sur un blog • Les adverbes d'intensité : *très, trop*	**Projet 1** p. 30 **Image :** Cascades d'Ouzoud, Maroc **Situation d'apprentissage :** Créer une vidéo de vlog pour parler des bienfaits de la vie active **Production :** Créer une vidéo pour un vlog
Podcast : Comment vous vous sentez ?	• Proposer une sortie • Proposer une activité et refuser une proposition **Phonétique :** Les voyelles [O] et [ø]	**Réseaux sociaux :** • Décrire des photos • Les adjectifs interrogatifs : *quel, quelle, quels, quelles*	
Conversation : Choisir un menu	• S'informer sur un menu et commander • Demander quelque chose poliment **Phonétique :** Les sons [b] et [v]	**Recette de cuisine :** • Écrire une recette • Exprimer des quantités précises	**Projet 2** p. 52 **Image :** Marché de Cherbourg, Normandie **Situation d'apprentissage :** Faire une enquête pour découvrir les habitudes de vie de ses camarades au collège **Production :** Préparer et faire une enquête
Micro-trottoir : Quelles tâches ménagères vous aimez et vous détestez ?	• Décrire une maison et s'organiser pour répartir les tâches ménagères • Se mettre d'accord pour répartir les tâches **Phonétique :** Les sons [ʃ] et [ʒ]	**Description :** • Décrire sa pièce de la maison préférée • Exprimer la comparaison	
Témoignages : Nos projets solidaires	• Exprimer la possibilité, demander et donner la permission • Dire *non* à une demande de permission **Phonétique :** Les sons [a] et [wa]	**Avis sur Internet :** • Écrire un article d'opinion • Exprimer l'opinion	**Projet 3** p. 74 **Image :** Musée d'Art moderne et contemporain, Strasbourg **Situation d'apprentissage :** Créer une affiche pour organiser un événement culturel dans sa ville ou son village **Production :** Préparer une affiche
Messages sur WhatsApp : Ça se passe bien dans ton nouveau collège ?	• Partager ses expériences passées • Bien organiser son temps pendant les vacances **Phonétique :** Le présent et le passé composé	**Biographie :** • Écrire une courte biographie • Situer dans le temps	

COMPÉTENCES CLÉ

- Numérique
- Apprendre à apprendre
- Sensibilité et expression culturelles
- Esprit d'initiative et d'entreprise
- Sociale et civique
- Mathématique, science, technologie et ingénierie
- Linguistique

Mode d'emploi

1 page d'ouverture :
Vocabulaire

Les objectifs de l'unité

Des activités de préparation en ligne pour découvrir le vocabulaire

Des exercices pour systématiser le vocabulaire et des images pour le visualiser

Une vidéo authentique en lien avec le thème de l'unité

4 pages :
Lire et Écouter

Des documents déclencheurs semi-authentiques

Des exercices pour favoriser la compréhension et développer des stratégies d'apprentissage

Des tableaux de grammaire clairs et schématiques

Des exercices pour s'entraîner

Des exercices pour favoriser la communication et mettre en pratique les acquis

3 pages :
Parler et Écrire

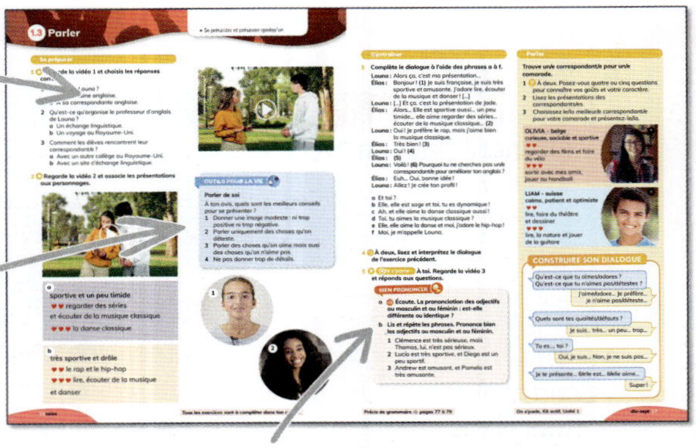

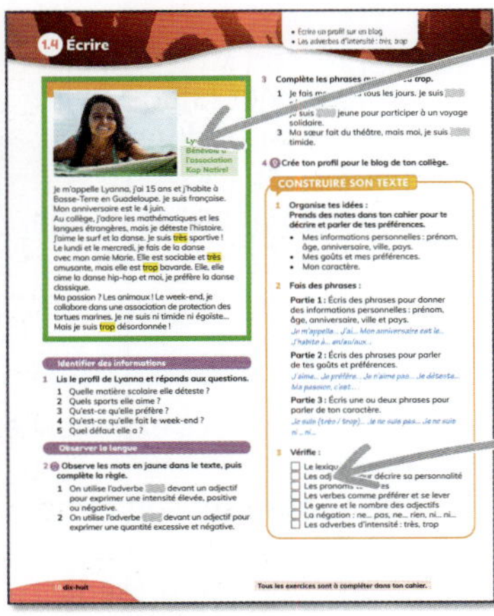

Des exercices pour s'entraîner à parler à l'aide des vidéos *On s'parle*

Un objectif communicatif travaillé du point de vue civique

Des exercices simples pour se familiariser avec la phonétique et la prosodie

Des exercices pour travailler la production écrite

Des astuces pour améliorer l'écriture

Des vidéos explicatives de grammaire sont proposées sur la version numérique.

ON s'parle — Les vidéos *On s'parle* favorisent la production orale et permettent aux élèves d'interagir avec les personnages.

Médiation — Certains exercices encouragent le trava[il] de la médiation.

Après les unités impaires :
Culture

Des pages pour découvrir des villes et des régions francophones

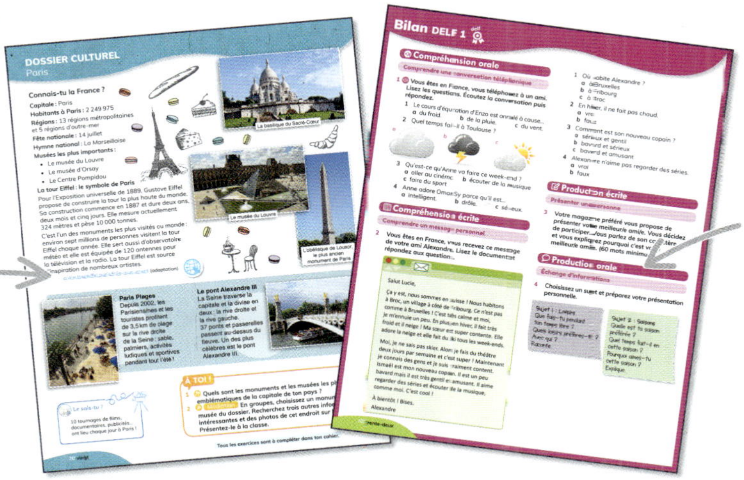

Après les unités paires :
DELF

Des pages pour s'entraîner à l'épreuve du DELF A2

Toutes les deux unités :
Projet à 360°

Des images à 360° avec des zooms interactifs permettant de découvrir un lieu francophone et d'accéder à des documents divers

Des exercices pour vérifier la compréhension des zooms

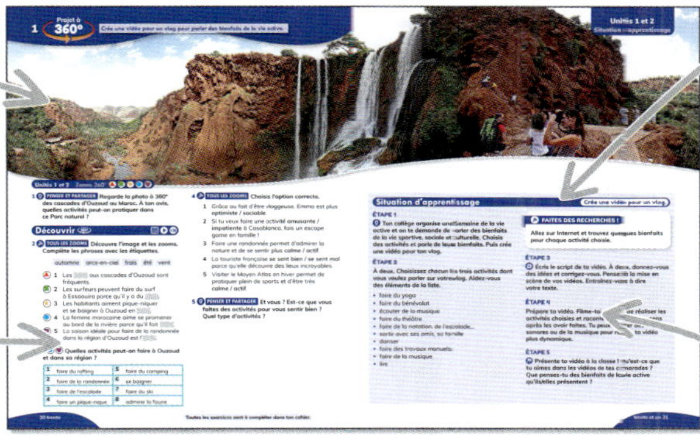

Un projet à réaliser dans le cadre d'une situation d'apprentissage réelle

Des étapes qui aident les élèves à travailler en autonomie et à mobiliser les contenus

À la fin de chaque unité :
Bilan linguistique

Une synthèse des contenus linguistiques

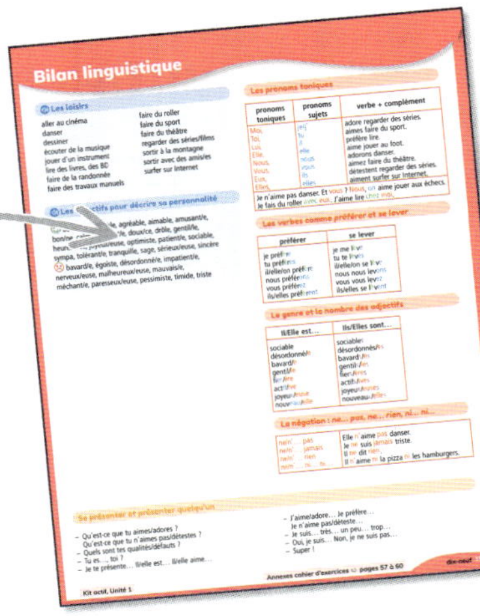

À la fin du livre :
Entraîne-toi !

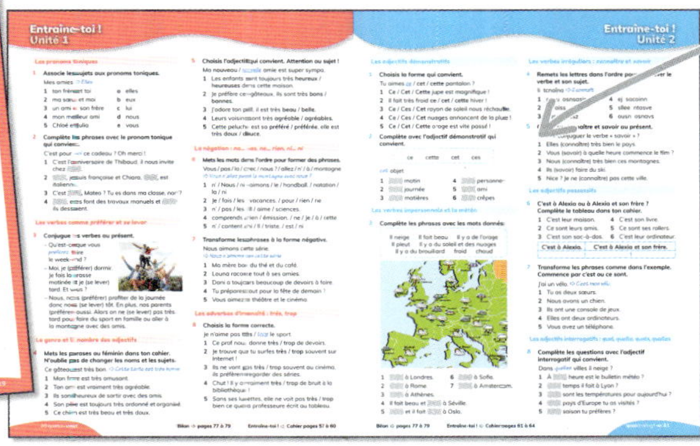

Des exercices pour travailler les points de grammaire de chaque unité

Certains documents authentiques, adaptés au niveau de langue des élèves, peuvent être consultés en ligne.

Le travail équilibré des compétences clé permettra aux élèves d'atteindre plus facilement leurs objectifs.

Des ressources et des activités interactives complémentaires sont disponibles sur la version numérique.

Certains documents permettent de travailler les objectifs de développement durable des Nations Unies.

0 Souviens-toi !

1 Quelles images tu associes aux salutations ? Et au fait de se dire au revoir ?

1

2

3

4

5

6

7

8

Les sons du français

Les voyelles

[i]	livre	[o]	auto
[y]	lune	[ɛ]	treize
[u]	douze	[œ]	cœur
[e]	bébé	[ɔ]	bol
[ø]	deux	[a]	arbre
[ə]	je		

Les nasales

[ɑ̃]	dent	[ɔ̃]	pont
[ɛ̃]	main	[œ̃]	un

Les semi-voyelles

[e]	cahier	[ɥ]	pluie
[wa]	trois		

Les consonnes

[p]	pomme	[m]	maison	[v]	vert
[t]	tomate	[n]	noix	[z]	zéro
[k]	carte	[ɲ]	montagne	[ʒ]	jaune
[f]	fille	[b]	ballon	[l]	lapin
[s]	sac	[d]	doigt	[ʁ]	rose
[ʃ]	chien	[g]	gâteau		

2 À deux. Choisissez six sons et trouvez un mot pour chacun. Le groupe le plus rapide gagne.

Épeler

ç : c cédille : français
é : E accent aigu : téléphone
è : E accent grave : zèbre
ê : E accent circonflexe : crêpe
ë : E avec tréma : Noël
rr, cc… : deux R, deux C

3 Épelle les mots. Prononce à voix haute.

1 préférer
2 la mère
3 François
4 Anaïs
5 une patte
6 un château

4 À deux. Épelle le prénom d'un/e camarade. Ton/Ta camarade écrit le prénom. Échangez les rôles.

Vocabulaire — Les nombres de 100 à 1 000

100		cent	101		cent	un
200	deux	cents	202	deux	cent	deux
300	trois	cents	303	trois	cent	trois
400	quatre	cents	404	quatre	cent	quatre
500	cinq	cents	505	cinq	cent	cinq
600	six	cents	606	six	cent	six
700	sept	cents	707	sept	cent	sept
800	huit	cents	808	huit	cent	huit
900	neuf	cents	909	neuf	cent	neuf

161		cent	soixante et un
262	deux	cent	soixante-deux
363	trois	cent	soixante-trois
464	quatre	cent	soixante-quatre
585	cinq	cent	quatre-vingt-cinq
686	six	cent	quatre-vingt-six
787	sept	cent	quatre-vingt-sept
898	huit	cent	quatre-vingt-huit
999	neuf	cent	quatre-vingt-neuf

1 000	mille
1 015	mille quinze
1 789	mille sept cent quatre-vingt-neuf

1 Trouve les résultats des opérations avec le code. Écris les résultats en lettres dans ton cahier.

A = 500 B = 60 C = 250 D = 10 E = 5

1 B – D + A
2 E × B + C + B + D
3 B × D + C + B
4 E × B – B + E

Vocabulaire — Les phrases de la classe

2 Observe les images et associe-les aux phrases.

1 
2 
3 
4 
5 
6 
7 
8 
9 
10 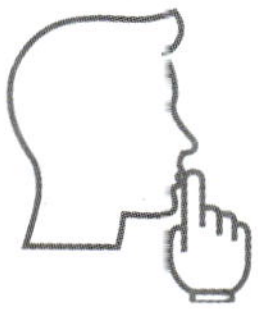
11 
12 

a Silence !
b Parle avec tes camarades.
c Je ne comprends pas.
d Vous pouvez répéter, s'il vous plaît ?
e Ouvre ton livre.
f Écris des phrases.
g Va au tableau.
h Écoute l'audio.
i Cherche sur Internet.
j Lis le texte.
k Regarde la vidéo.
l Fais l'exercice.

3 À tour de rôle. Donne ces instructions à ton/ta camarade.

1 
2 
3 
4 
5 
6 

Grammaire

La négation : *ne* + verbe + *pas*

Je suis photographe. Elles ont 23 ans. Tu es vendeuse ?	Je ne suis pas photographe. Non, elles n'ont pas 23 ans. Non, je ne suis pas vendeuse.

1 Mets les mots dans l'ordre.

1 actrice. / pas / Rita / est / n'
2 pas / ne / Ils / travaillent / États-Unis. / aux
3 suis / ne / Je / pas / marocaine.

Les adjectifs possessifs (un possesseur)

singulier		pluriel
masculin	**féminin**	
mon père ton frère son oncle	ma mère ta sœur sa tante	mes parents tes cousins ses filles

2 Choisis l'adjectif possessif qui convient.

Ce sont **ses** / **mon** / ***mes*** chats.

1 Il me prête **leur** / **son** / **ton** livre de français.
2 Nous préparons **vos** / **mon** / **leurs** sandwichs.
3 Elles apportent **leurs** / **nos** / **vos** stylos.
4 Je veux **ton** / **son** / **mon** manteau ! Il est beau !

Aller à/Venir de + articles contractés

aller à		
je vais tu vas il/elle/on va nous allons vous allez ils/elles vont	au centre-ville à la pharmacie à l'hôpital aux toilettes	~~à le~~ > au ~~à les~~ > aux
venir de		
je viens tu viens il/elle/on vient nous venons vous venez ils/elles viennent	du musée de la piscine de l'école des urgences	~~de le~~ > du ~~de les~~ > des

3 Choisis la forme qui convient.

1 Nous **allons** / **vais** au collège puis au cinéma.
2 Tu **viens** / **vas** de la mairie ?
3 Il **va** / **allez** à la station de métro.
4 Elles **viennent** / **venons** de la piscine.

Vocabulaire — Les lieux de la ville

4 Associe les mots aux images.

a la mairie **b** le cinéma **c** la poste **d** le musée **e** le parking **f** le stade **g** la piscine **h** l'église **i** la gare **j** la bibliothèque **k** le parc **l** la station de métro

Vocabulaire — Les loisirs

5 Recopie la carte mentale dans ton cahier et classe ces loisirs dedans.

a la batterie **b** l'escalade **c** la natation
d les échecs **e** la randonnée **f** le violon
g le roller **h** les cartes **i** le rugby
j l'équitation **k** le football **l** le théâtre
m la gym **n** les jeux vidéo

Les loisirs: dans la nature — seul/e — à l'intérieur — en groupe — à deux

Grammaire

Le genre des adjectifs qualificatifs

il est	elle est
grand ≠ petit mince ≠ gros brun, blond, châtain, roux	grande ≠ petite mince ≠ grosse brune, blonde, châtain, rousse
fort, sportif	forte, sportive
gentil ≠ méchant drôle, sympa, timide, rigolo	gentille ≠ méchante drôle, sympa, timide, rigolote
beau ≠ laid vieux ≠ jeune	belle ≠ laide vieille ≠ jeune

1 Associe les éléments pour former des phrases.

1 Je suis une fille...
2 Elle n'est pas méchante...
3 Il est...
4 Il n'est pas gros...

a ...drôle, roux et grand.
b ...il est très mince.
c ...belle et sportive.
d ...elle est très gentille.

Le nombre des adjectifs qualificatifs

ils sont	elles sont
grands ≠ petits minces ≠ gros bruns, blonds, châtains, roux	grandes ≠ petites minces ≠ grosses brunes, blondes, châtains, rousses
forts, sportifs	fortes, sportives
gentils ≠ méchants drôles, sympas, timides, rigolos	gentilles ≠ méchantes drôles, sympas, timides, rigolotes
beaux ≠ laids vieux ≠ jeunes	belles ≠ laides vieilles ≠ jeunes

2 Transforme les phrases au pluriel.

1 Elle est belle et sympa, rousse et châtain.
2 Je suis jeune et timide.
3 Il est beau, rigolo et très sportif.

L'impératif

présent	impératif
tu traverses nous traversons vous traversez	traverse, prends, va, viens... traversons, prenons, allons, venons... traversez, prenez, allez, venez...
impératif négatif	ne traverse pas, n'allons pas...

3 Transforme ces phrases à la forme impérative.

1 Tu achètes ton matériel scolaire.
2 Nous allons ensemble au cinéma.
3 Vous prenez vos cahiers.

Les verbes pronominaux

Je me réveille à 6 h 45. Tu te lèves à quelle heure ? Il/Elle/On se douche à 8 h 15. Nous nous habillons à 8 h 30. Vous vous coiffez. Ils/Elles se couchent à 22 h.	Je ne me réveille pas à 6 h 45. Il/Elle/On ne se douche pas à 8 h 15. Nous ne nous habillons pas à 8 h 30. Ils/Elles ne se couchent pas à 22 h.

4 Mets les mots dans l'ordre.

1 à 7 h 45. / vous habillez / Vous
2 se douche / Elle / à quelle heure ?
3 ne me douche pas / Je / le soir.
4 se réveillent / Ils / à 7 h.
5 au travail. / se réveille / Il / et il va
6 au collège. / avant d'aller / me coiffe / Je

Le verbe *vouloir* au présent

je veux tu veux il/elle/on veut nous voulons vous voulez ils/elles veulent	+ un infinitif + un nom
Je veux faire du surf. → Je ne veux pas faire du surf. Je veux un pantalon. → Je ne veux pas de pantalon.	

5 Complète les phrases avec le verbe *vouloir*.

1 Tu _____ venir au théâtre ce soir ?
2 Nous _____ acheter des nouveaux cahiers.
3 Léo et son frère _____ adopter un chat.
4 Tu ne _____ pas te réveiller tôt.
5 Vous _____ participer à une collecte solidaire.
6 Elle _____ étudier à la bibliothèque.

Le futur proche

je vais déjeuner tu vas parler il/elle/on va étudier	nous allons jouer vous allez dessiner ils/elles vont se promener

6 Complète les phrases pour former le futur proche.

1 Je _____ visiter ma famille.
2 Tu _____ faire du hip hop.
3 Elle _____ étudier demain.
4 Nous _____ manger ici.
5 Vous _____ venir chez nous.
6 Ils _____ faire une fête.

0 Entraîne-toi !

Les salutations

1 Mime les salutations.

1 Bonjour monsieur.
2 Salut !
3 Ça va ? Je m'appelle Léna, et toi ?
4 Au revoir !

Épeler

2 Épelle ces prénoms de plus en plus vite !

1 Grégoire
2 Joséphine
3 Geneviève
4 Séverin
5 Maël
6 Charlotte

Les nombres de 100 à 1 000

3 Trouve le résultat de ces opérations. Écris les résultats en lettres dans ton cahier.

1 300 × 3 + 92 = ?
2 62 × 11 = ?
3 15 + 67 x 3 = ?
4 1 000 – 546 + 16 = ?
5 189 × 3 + 16 - 2 = ?
6 62 + 64 + 66 × 2 = ?

Les phrases de la classe

4 À tour de rôle. Mime une des phrases de la classe. Tes camarades devinent !

Je ne comprends pas.

La négation : *ne* + verbe + *pas*

5 Réponds aux questions négativement.

1 Elle est informaticienne ?
2 Vous êtes colombiens ?
3 Tu as seize ans ?
4 Vous habitez aux Pays-Bas ?
5 Vous avez trente ans ?
6 Il habite au Mexique ?

Les adjectifs possessifs (un possesseur)

6 Complète avec l'adjectif possessif qui convient.

1 J'ai une tortue. C'est ____ tortue.
2 Il a des cousins. Ce sont ____ cousins.
3 Tu as un ami italien. C'est ____ ami italien.
4 Elle a une guitare. C'est ____ guitare.
5 Tu as des chats. Ce sont ____ chats.

Aller à/*Venir de* + articles contractés + les lieux de la ville

7 Déchiffre les messages.

Le verbe *vouloir* au présent + les loisirs

8 Qu'est-ce qu'on veut faire ? Crée des mini-dialogues !

	je		faire du	harmonica
	tu		faire des	volley
Oui,	il/elle		jouer de la	théâtre
Non,	nous	vouloir	jouer de l'	cartes
	vous		jouer au	activités manuelles
	ils/elles		jouer aux	flûte

Le genre et le nombre des adjectifs qualificatifs

9 Associe les éléments pour former des phrases.

1 Tu es une femme…
2 Elles ne sont pas…
3 Il est…
4 Elle n'est pas vieille…
5 Ils sont très…

a …fort, sportif et mince.
b …elle est jeune.
c …gentille et sympa.
d …rigolos et gentils.
e …brunes.

L'impératif

10 Utilise l'impératif pour donner les instructions suivantes.

Le futur proche

11 Conjugue les verbes au futur proche.

1 Mélanie (prendre) le petit-déjeuner.
2 Elles (écouter) de la musique pop.
3 Est-ce qu'ils (aller) au concert ce soir ?
4 Vous (jouer) au volley au collège.

1 J'adore dessiner !

Objectifs de l'unité
- Parler des loisirs et décrire sa personnalité
- Se présenter et présenter quelqu'un
- Écrire un profil sur un blog

Vocabulaire — Les loisirs

Activité de préparation

1 Observe les images et associe-les aux expressions de la liste. Puis écoute et vérifie.

a dessiner
b faire du théâtre
c faire du roller
d aller au cinéma
e regarder des séries
f jouer d'un instrument
g surfer sur Internet
h faire de la randonnée
i sortir avec des amis/es
j écouter de la musique
k lire
l faire du sport
m faire des travaux manuels
n danser

2 Complète le texte avec des expressions de l'exercice 1. Conjugue les verbes si nécessaire.

Au collège, j'adore être sur scène et ___. J'aime aussi ___, comme jouer au foot ou au volley. Le week-end, nous ___ pour voir des films en version originale. Parfois, nous allons dans la nature et nous ___. Pour réviser mes cours, je ___ des livres et je ___ sur mon ordinateur. Pour finir, je ___ : du piano ou de la guitare.

3 Classe les loisirs de l'exercice 1.

1 loisirs qu'on peut faire à l'extérieur
2 loisirs qu'on peut faire seul/e
3 loisirs qu'on peut faire en groupe

4 Sondage. Dans la classe, qui aime regarder des séries, danser, faire du sport, lire… ?

5 Regarde la vidéo et réponds aux questions.

Entraîne-toi ! ⇨ page 80

- Parler des goûts et des préférences
- Utiliser les pronoms toniques

Connais-tu les chantiers internationaux ?

Un chantier international propose à des jeunes volontaires de collaborer à un projet solidaire partout dans le monde : en Afrique, en Asie, en Amérique du Sud et aussi en Europe. Les projets sont très variés : construire une école, planter des arbres, donner des cours de langues, etc.

www.guidisto-volontariat.fr
(adaptation)

Commentaire

Valentine

Volontaire dans une école

J'ai 16 ans et j'adore les voyages. Pendant mes vacances, j'aime écouter de la musique et aller au cinéma avec mes amies. Moi, j'adore la nature mais elles, elles préfèrent la ville.
En juillet, je vais faire un voyage utile avec mon cousin Jules. Nous allons être volontaires dans une école au Sénégal. Lui, il va être animateur sportif. Les autres volontaires et moi, nous allons décorer les murs des salles de classe.
Je suis très contente ! 😍
Nous allons aussi faire des ateliers de dessin avec les élèves sénégalais, faire du théâtre et du sport avec eux.
Je vais habiter chez une famille sénégalaise. C'est super ! Je suis un peu nerveuse parce que je suis timide. 😊

Stratégie de lecture

1 Écoute et lis le document. Que décrit Valentine dans son post ?

- **a** l'organisation d'un voyage solidaire
- **b** les activités qu'elle va réaliser
- **c** les difficultés d'un voyage solidaire

2 Vrai ou faux ? Corrige les affirmations fausses.

1. Les chantiers internationaux existent uniquement en Europe.
2. Valentine déteste les voyages.
3. Son cousin va être professeur dans une école au Sénégal.
4. Elle va faire des ateliers de musique avec les élèves sénégalais.

3 Médiation À deux. Expliquez dans votre langue ce qu'est un voyage solidaire. Faites des recherches sur Internet si nécessaire. Présentez vos informations à la classe.

4 Discutez en groupe. Qu'est-ce que vous faites pendant les vacances ? Quelles activités vous aimez/n'aimez pas faire ?

Pour aller plus loin

Tous les exercices sont à compléter dans ton cahier.

Grammaire

Les pronoms toniques

pronoms toniques	pronoms sujets	verbe + complément
Moi,	je/j'	adore regarder des séries.
Toi,	tu	aimes faire du sport.
Lui,	il	préfère lire.
Elle,	elle	aime jouer au foot.
Nous,	nous	adorons danser.
Vous,	vous	aimez faire du théâtre.
Eux,	ils	détestent regarder des séries.
Elles,	elles	aiment surfer sur Internet.

Je n'aime pas danser. Et vous ? Nous, on aime jouer aux échecs.
Je fais du roller avec eux. J'aime lire chez moi.

5 Mets les mots en ordre pour former des phrases.

1 sport. / fait / Lui, / du / il
2 et / J' / théâtre, / toi ? / aime / le
3 danser. / ils / Eux, / adorent
4 cinéma / aller / Tu / au / veux / moi ? / avec

6 Complète les phrases avec le pronom tonique qui convient.

1 ____, ils adorent la natation et, ____, elles préfèrent le tennis.
2 J'aime lire. Et ____, qu'est-ce que tu aimes faire ?
3 Ma sœur et ____, nous allons au cinéma. Tu viens avec ____ ?
4 ____, il n'aime pas faire des travaux manuels.

Les verbes comme *préférer* et *se lever*

préférer	se lever
je préfère	je me lève
tu préfères	tu te lèves
il/elle/on préfère	il/elle/on se lève
nous préférons	nous nous levons
vous préférez	vous vous levez
ils/elles préfèrent	ils/elles se lèvent

7 Conjugue les verbes entre parenthèses pour compléter les phrases.

1 Elle ____ (préférer) surfer sur Internet.
2 Moi, je ____ (compléter) ce formulaire avant de le rendre.
3 Le dimanche, nous ____ (se lever) à 10 h.
4 Vous ____ (répéter) la pièce de théâtre.
5 À quelle heure elles ____ (se lever) le samedi ?

Précis de grammaire ⇨ pages 77 à 79

8 Complète le post à l'aide des étiquettes.

moi | Elle | toi | lui | Eux | nous | Moi | préfère | préférons

____, j'adore faire du skateboard avec mon amie Lucie. C'est ma passion ! ____, elle aime aussi lire des BD, mais elle déteste danser. Et ____, qu'est-ce que tu aimes ?

COMMENTAIRES

PaulR Mon frère Luc et ____, nous aimons regarder des séries et faire du sport. J'aime le tennis et ____, il ____ le hockey.

LucieJ J'aime aller au cinéma le week-end avec mes cousins. ____, ils adorent les films de science-fiction. Mais ma sœur et moi, ____ ____ les films d'aventure.

À TOI !

9 Dis deux activités que tu n'aimes pas et deux activités que tu aimes. Puis demande à ton/ta camarade et note ses réponses.

faire du sport | étudier | aller au cinéma | promener mon chien | voyager avec ma famille | voir des amis/es | faire mes devoirs | aider mes parents | lire | ranger ma chambre

C'est samedi midi et je vais… Je suis en train de… Je viens de… Mais je ne… pas, je ne fais jamais ça…

10 Explique les goûts et les préférences de ton/ta camarade au groupe, puis à la classe.

Entraîne-toi ! ⇨ page 80

- Utiliser la négation

Vocabulaire — Les adjectifs pour décrire sa personnalité

Activité de préparation

1 Vérifie le sens des adjectifs des étiquettes. Puis classe les adjectifs dans le tableau.

sociable | impatient/e | paresseux/euse | bavard/e | joyeux/euse | triste | désordonné/e | calme | timide | pessimiste | patient/e | optimiste | actif/ive | amusant/e

☺	☹

2 Choisis l'adjectif qui convient.

1 Il fait beaucoup de choses, il est très **paresseux / actif.**
2 Elle parle beaucoup, elle est **impatiente / bavarde**.
3 Il n'aime pas parler en public, il est **sociable / timide**.
4 Elle fait rire les autres, elle est très **amusante / pessimiste**.

3 Et toi, quel est ton caractère ?

Stratégie d'écoute

4 Écoute la présentation d'Olivia. Puis écris dans ton cahier les cinq adjectifs que tu entends.

5 Écoute la présentation de Gabriel. Puis choisis l'option correcte.

1 Gabriel est…
   a actif et amusant.
   b actif et optimiste.
   c actif et bavard.

2 Sa mère dit qu'il n'est pas très…
   a patient.
   b timide.
   c joyeux.

3 Il n'aime…
   a ni les chats ni les chiens.
   b ni les travaux manuels ni la danse.
   c ni la pizza ni les hamburgers.

Radio Collège

Écouter

LES DÉLÉGUÉS DE CLASSE SE PRÉSENTENT

00.00 — 00.20

Olivia, 4e A

00.00 — 00.30

Gabriel, 4e A

Commentaire

Envoyer

Tous les exercices sont à compléter dans ton cahier.

Grammaire

Le genre et le nombre des adjectifs

Il/Elle est…	Ils/Elles sont…
sociable	sociables
désordonné/e	désordonnés/es
bavard/e	bavards/es
gentil/le	gentils/les
fier/ère	fiers/ères
actif/ive	actifs/ives
joyeux/euse	joyeux/euses
nouveau/elle	nouveaux/elles

6 Dis si les adjectifs sont au masculin singulier, au féminin singulier, au masculin pluriel ou au féminin pluriel.

bavards | actives | désordonné | joyeuses | calmes | nouveaux | gentille | sociable | fières | sérieuse

7 Transforme les phrases.

1 Mon frère est joyeux. Ma sœur est ____.
2 Mes amis sont gentils. Mes amies sont ____.
3 Ma tante est sportive. Mon oncle est ____.
4 Il est fier de ses résultats. Elle est ____.

La négation : *ne… pas, ne… rien, ni… ni…*

ne/n'… pas	Elle n'aime pas danser.
ne/n'… jamais	Je ne suis jamais triste.
ne/n'… rien	Il ne dit rien.
ne/n'… ni… ni…	Il n'aime ni la pizza ni les hamburgers.

8 Associe les phrases contraires.

1 Sophie est timide et paresseuse.
2 Patrice est amusant.
3 J'écoute tout.
4 Ils sont toujours calmes.
5 Elle mange tout.

a Je n'écoute rien.
b Ils ne sont jamais calmes.
c Patrice n'est pas amusant.
d Elle ne mange rien.
e Julie n'est ni timide ni paresseuse.

9 Complète le post à l'aide des étiquettes et en mettant les adjectifs entre parenthèses à la forme qui convient.

n'… pas | n'… ni… ni… | ne… jamais

Émilie 12:15

Ma sœur et moi, nous sommes ____ (différent). Je suis ____ (grand) et ____ (brun), elle est ____ (petit) et ____ (blond). Mes professeurs disent que je suis ____ (bavard) et ____ (impatient). C'est vrai, je parle beaucoup et je m'énerve. Ma sœur est toujours ____ (calme) : elle ____ s'énerve ____ ! Et elle est ____ (timide) : elle ____ aime ____ parler en public. Moi, je suis ____ (sociable) et ____ (sportif) : j'aime danser et faire du roller. Ma sœur ____ aime ____ la danse, ____ le roller. Elle préfère écouter de la musique et dessiner. Nous sommes très différentes mais nos parents disent que nous sommes ____ (gentil), ____ (joyeux) et ____ (désordonné) toutes les deux !

À TOI !

10 Décris le caractère d'un/e ami/e ou d'un membre de ta famille à ton/ta camarade. Il/Elle prend des notes dans son cahier.

11 Décris à la classe le caractère de la personne choisie par ton/ta camarade.

Précis de grammaire ⇨ pages 77 à 79

Entraîne-toi ! ⇨ page 80

Se préparer

1 Regarde la vidéo 1 et choisis les réponses correctes.

1 À qui écrit Louna ?
  a À sa cousine anglaise.
  b À sa correspondante anglaise.

2 Qu'est-ce qu'organise le professeur d'anglais de Louna ?
  a Un échange linguistique.
  b Un voyage au Royaume-Uni.

3 Comment les élèves rencontrent leur correspondant/e ?
  a Avec un autre collège au Royaume-Uni.
  b Avec un site d'échange linguistique.

2 Regarde la vidéo 2 et associe les présentations aux personnages.

a
sportive et un peu timide
♥♥ regarder des séries et écouter de la musique classique
♥♥♥ la danse classique

b
très sportive et drôle
♥♥ le rap et le hip-hop
♥♥♥ lire, écouter de la musique et danser

1

2

OUTILS POUR LA VIE

Parler de soi

À ton avis, quels sont les meilleurs conseils pour se présenter ?

1 Donner une image modeste : ni trop positive ni trop négative.
2 Parler uniquement des choses qu'on déteste.
3 Parler des choses qu'on aime mais ausi des choses qu'on n'aime pas.
4 Ne pas donner trop de détails.

Tous les exercices sont à compléter dans ton cahier.

S'entraîner

3 Complète le dialogue à l'aide des phrases a à f.

Louna : Alors ça, c'est ma présentation...
Élias : Bonjour ! **(1)** Je suis française, je suis très sportive et amusante. J'adore lire, écouter de la musique et danser ! [...]
Louna : [...] Et ça, c'est la présentation de Jade.
Élias : Alors... Elle est sportive aussi... un peu timide... elle aime regarder des séries... écouter de la musique classique... **(2)**
Louna : Oui ! Je préfère le rap, mais j'aime bien la musique classique.
Élias : Très bien ! **(3)**
Louna : Oui ! **(4)**
Élias : **(5)**
Louna : Voilà ! **(6)** Pourquoi tu ne cherches pas un/e correspondant/e pour améliorer ton anglais ?
Élias : Euh... Oui, bonne idée !
Louna : Allez ! Je crée ton profil !

a Et toi ?
b Elle, elle est sage et toi, tu es dynamique !
c Ah, et elle aime la danse classique aussi !
d Toi, tu aimes la musique classique ?
e Elle, elle aime la danse et moi, j'adore le hip-hop !
f Moi, je m'appelle Louna.

4 À deux, lisez et interprétez le dialogue de l'exercice précédent.

5 ON s'parle **À toi. Regarde la vidéo 3 et réponds aux questions.**

BIEN PRONONCER

a **Écoute. La prononciation des adjectifs au masculin et au féminin : est-elle différente ou identique ?**

b **Lis et répète les phrases. Prononce bien les adjectifs au masculin et au féminin.**

1 Clémence est très sérieuse, mais Thomas, lui, n'est pas sérieux.
2 Lucía est très sportive, et Diego est un peu sportif.
3 Andrew est amusant, et Pamela est très amusante.

Parler

Trouve un/e correspondant/e pour un/e camarade.

1 À deux. Posez-vous quatre ou cinq questions pour connaître vos goûts et votre caractère.
2 Lisez les présentations des correspondants/es.
3 Choisissez le/la meilleur/e correspondant/e pour votre camarade et présentez-le/la.

OLIVIA - belge
curieuse, sociable et sportive
♥♥
regarder des films et faire du vélo
♥♥♥
sortir avec mes amis, jouer au handball

LIAM - suisse
calme, patient et optimiste
♥♥
lire, faire du théâtre et dessiner
♥♥♥
lire, la nature et jouer de la guitare

CONSTRUIRE SON DIALOGUE

Qu'est-ce que tu aimes/adores ?
Qu'est-ce que tu n'aimes pas/détestes ?

J'aime/adore... Je préfère...
Je n'aime pas/déteste...

Quels sont tes qualités/défauts ?

Je suis... très... un peu... trop...

Tu es..., toi ?

Oui, je suis... Non, je ne suis pas...

Je te présente... Il/elle est... Il/elle aime...

Super !

Précis de grammaire ⇨ pages 77 à 79

On s'parle, Kit actif, Unité 1

1.4 Écrire

- Écrire un profil sur un blog
- Les adverbes d'intensité : *très, trop*

Lyanna
Bénévole à l'association Kap Natirel

Je m'appelle Lyanna, j'ai 15 ans et j'habite à Basse-Terre en Guadeloupe. Je suis française. Mon anniversaire est le 4 juin.
Au collège, j'adore les mathématiques et les langues étrangères, mais je déteste l'histoire. J'aime le surf et la danse. Je suis très sportive ! Le lundi et le mercredi, je fais de la danse avec mon amie Marie. Elle est sociable et très amusante, mais elle est trop bavarde. Elle, elle aime la danse hip-hop et moi, je préfère la danse classique.
Ma passion ? Les animaux ! Le week-end, je collabore dans une association de protection des tortues marines. Je ne suis ni timide ni égoïste... Mais je suis trop désordonnée !

Identifier des informations

1 Lis le profil de Lyanna et réponds aux questions.

1. Quelle matière scolaire elle déteste ?
2. Quels sports elle aime ?
3. Qu'est-ce qu'elle préfère ?
4. Qu'est-ce qu'elle fait le week-end ?
5. Quel défaut elle a ?

Observer la langue

2 Observe les mots en jaune dans le texte, puis complète la règle.

1. On utilise l'adverbe ____ devant un adjectif pour exprimer une intensité élevée, positive ou négative.
2. On utilise l'adverbe ____ devant un adjectif pour exprimer une quantité excessive et négative.

3 Complète les phrases avec très ou trop.

1. Je fais mes devoirs tous les jours. Je suis ____ sérieuse.
2. Je suis ____ jeune pour participer à un voyage solidaire.
3. Ma sœur fait du théâtre, mais moi, je suis ____ timide.

4 Crée ton profil pour le blog de ton collège.

CONSTRUIRE SON TEXTE

1 Organise tes idées :
Prends des notes dans ton cahier pour te décrire et parler de tes préférences.

- Mes informations personnelles : prénom, âge, anniversaire, ville, pays.
- Mes goûts et mes préférences.
- Mon caractère.

2 Fais des phrases :

Partie 1 : Écris des phrases pour donner des informations personnelles : prénom, âge, anniversaire, ville et pays.
Je m'appelle... J'ai... Mon anniversaire est le... J'habite à... en/au/aux...

Partie 2 : Écris des phrases pour parler de tes goûts et préférences.
J'aime... Je préfère... Je n'aime pas... Je déteste... Ma passion, c'est...

Partie 3 : Écris une ou deux phrases pour parler de ton caractère.
Je suis (très / trop)... Je ne suis pas... Je ne suis ni... ni...

3 Vérifie :

- ☐ Le lexique des loisirs
- ☐ Les adjectifs pour décrire sa personnalité
- ☐ Les pronoms toniques
- ☐ Les verbes comme *préférer* et *se lever*
- ☐ Le genre et le nombre des adjectifs
- ☐ La négation : *ne... pas, ne... rien, ni... ni...*
- ☐ Les adverbes d'intensité : *très, trop*

Tous les exercices sont à compléter dans ton cahier.

Bilan linguistique

Les loisirs

aller au cinéma
danser
dessiner
écouter de la musique
jouer d'un instrument
lire des livres, des BD
faire de la randonnée
faire des travaux manuels
faire du roller
faire du sport
faire du théâtre
regarder des séries/films
sortir à la montagne
sortir avec des amis/es
surfer sur Internet

Les adjectifs pour décrire sa personnalité

☺ actif/ive, adorable, agréable, aimable, amusant/e, bon/ne, calme, content/e, doux/ce, drôle, gentil/le, heureux/se, joyeux/euse, optimiste, patient/e, sociable, sympa, tolérant/e, tranquille, sage, sérieux/euse, sincère

☹ bavard/e, égoïste, désordonné/e, impatient/e, nerveux/euse, malheureux/euse, mauvais/e, méchant/e, paresseux/euse, pessimiste, timide, triste

Les pronoms toniques

pronoms toniques	pronoms sujets	verbe + complément
Moi,	je/j'	adore regarder des séries.
Toi,	tu	aimes faire du sport.
Lui,	il	préfère lire.
Elle,	elle	aime jouer au foot.
Nous,	nous	adorons danser.
Vous,	vous	aimez faire du théâtre.
Eux,	ils	détestent regarder des séries.
Elles,	elles	aiment surfer sur Internet.

Je n'aime pas danser. Et vous ? Nous, on aime jouer aux échecs.
Je fais du roller avec eux. J'aime lire chez moi.

Les verbes comme *préférer* et *se lever*

préférer	se lever
je préfère	je me lève
tu préfères	tu te lèves
il/elle/on préfère	il/elle/on se lève
nous préférons	nous nous levons
vous préférez	vous vous levez
ils/elles préfèrent	ils/elles se lèvent

Le genre et le nombre des adjectifs

Il/Elle est…	Ils/Elles sont…
sociable	sociables
désordonné/e	désordonnés/es
bavard/e	bavards/es
gentil/le	gentils/les
fier/ère	fiers/ères
actif/ive	actifs/ives
joyeux/euse	joyeux/euses
nouveau/elle	nouveaux/elles

La négation : *ne... pas, ne... rien, ni... ni...*

ne/n'… pas	Elle n'aime pas danser.
ne/n'… jamais	Je ne suis jamais triste.
ne/n'… rien	Il ne dit rien.
ne/n'… ni… ni…	Il n'aime ni la pizza ni les hamburgers.

Se présenter et présenter quelqu'un

– Qu'est-ce que tu aimes/adores ?
  Qu'est-ce que tu n'aimes pas/détestes ?
– Quels sont tes qualités/défauts ?
– Tu es…, toi ?
– Je te présente… Il/elle est… Il/elle aime…

– J'aime/adore… Je préfère…
  Je n'aime pas/déteste…
– Je suis… très… un peu… trop…
– Oui, je suis… Non, je ne suis pas…
– Super !

Annexes cahier d'exercices ⇨ pages 57 à 60

Connais-tu la France ?

Capitale : Paris

Habitants à Paris : 2 249 975

Régions : 13 régions métropolitaines et 5 régions d'outre-mer

Fête nationale : 14 juillet

Hymne national : *La Marseillaise*

Musées les plus importants :

- Le musée du Louvre
- Le musée d'Orsay
- Le Centre Pompidou

La tour Eiffel : le symbole de Paris

Pour l'Exposition universelle de 1889, Gustave Eiffel propose de construire la tour la plus haute du monde. Sa construction commence en 1887 et dure deux ans, deux mois et cinq jours. Elle mesure actuellement 324 mètres et pèse 10 000 tonnes.

C'est l'un des monuments les plus visités au monde : environ sept millions de personnes visitent la tour Eiffel chaque année. Elle sert aussi d'observatoire météo et elle est équipée de 120 antennes pour la télévision et la radio. La tour Eiffel est source d'inspiration de nombreux artistes.

www.toureiffel.paris/fr/le-monument (adaptation)

La basilique du Sacré-Cœur

Le musée du Louvre

L'obélisque de Louxor, le plus ancien monument de Paris

Paris Plages

Depuis 2002, les Parisiens/nes et les touristes profitent de 3,5 km de plage sur la rive droite de la Seine : sable, palmiers, activités ludiques et sportives pendant tout l'été !

Le pont Alexandre III

La Seine traverse la capitale et la divise en deux : la rive droite et la rive gauche.
37 ponts et passerelles passent au-dessus du fleuve. Un des plus célèbres est le pont Alexandre III.

Le sais-tu ?

10 tournages de films, documentaires, publicités... ont lieu chaque jour à Paris !

À TOI !

1 **Quels sont les monuments et les musées les plus emblématiques de la capitale de ton pays ?**

2 Médiation **En groupes, choisissez un monument ou un musée du dossier. Recherchez trois autres informations intéressantes et des photos de cet endroit sur Internet. Présentez-le à la classe.**

Tous les exercices sont à compléter dans ton cahier.

2 Il pleut des cordes !

Objectifs de l'unité
- Parler de la météo, des saisons et des sensations physiques
- Proposer une sortie
- Décrire des photos

1

2

3

4

5

6

7

8

9

10

11

12

13

14

Vocabulaire — La météo et les saisons

Activité de préparation

1 Observe les images et associe-les aux mots et expressions. Puis écoute et vérifie.

- **a** le printemps
- **b** Il y a un arc-en-ciel.
- **c** Il y a du brouillard.
- **d** Il pleut.
- **e** l'hiver
- **f** Il grêle.
- **g** Il y a de l'orage.
- **h** Il y a du vent.
- **i** Il fait beau.
- **j** Il neige.
- **k** l'été
- **l** Il y a des nuages.
- **m** l'automne
- **n** Il fait froid.

2 Complète les phrases avec les étiquettes.

arc-en-ciel | il y a du vent et de l'orage | il neige | Il fait froid | Il pleut | il y a du brouillard

1 ___ : tout est mouillé !
2 Brrr... Je mets un pull et un bonnet. ___ !
3 On ne voit pas la route, c'est dangereux, ___.
4 Quand il y a une tempête, ___.
5 Après la pluie, on peut voir un ___, c'est beau !
6 Quand ___, tout est blanc, c'est magnifique !

3 Recopie et complète cette carte mentale dans ton cahier avec les expressions de la météo que tu associes à chaque saison.

- la météo
  - l'hiver
  - le printemps
  - l'automne
  - l'été

4 Discute avec ton/ta camarade.

1 Quelle est votre saison préférée ? Pourquoi ?
2 Vous mettez quels vêtements à chaque saison ?

5 Regarde la vidéo et réponds aux questions.

Entraîne-toi ! ⇨ page 81

- Parler de la météo et des saisons
- Savoir désigner de quoi on parle

Stratégie de lecture

1 **Écoute et lis l'article. Puis associe les images a-d aux paragraphes 1-4.**

2 **Lis à nouveau l'article. Vrai ou faux ? Corrige les affirmations fausses.**

1. À La Réunion, en hiver, il neige.
2. Au Québec, en été, il fait beau.
3. Au Québec, en hiver, il fait très froid.
4. À Dunkerque il y a du soleil toute l'année.
5. Au Maroc, en été, il fait très chaud.
6. Au Maroc, sur le littoral atlantique, il y a du vent.

3 Médiation **Choisis un des lieux mentionnés dans l'article. Cherche sur Internet des informations intéressantes à propos de deux autres phénomènes météo de ce pays. Puis présente-les à tes camarades.**

4 **Discutez en groupe. Quel temps fait-il dans votre pays, selon la saison ?**

Pour aller plus loin

Quel temps fait-il dans le monde ?

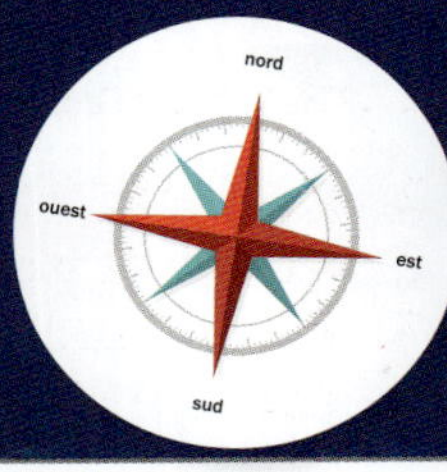

1 À La Réunion, il y a deux saisons, l'hiver austral et l'été austral. En hiver, il pleut beaucoup. Pendant cette période, il y a des risques de cyclones tropicaux mais il fait chaud. En été, il fait beau et il fait entre 18 °C et 26 °C. Cette saison s'appelle la saison sèche parce qu'il ne pleut pas.

2 Au Québec, il y a quatre saisons, comme en Europe. Il pleut au printemps et il fait beau en été. En hiver, il neige et il fait très froid, surtout en janvier et en février. Il fait entre – 13 °C et – 15 °C. Quand il y a des vagues de froid polaire, il fait – 30 °C. Ces vagues de froid sont fréquentes.

3 À Dunkerque, au nord de la France, il y a du vent toute l'année. En automne et en hiver, il y a des nuages et il pleut beaucoup. En été, il fait beau mais il ne fait pas très chaud comme dans le sud.

4 Au Maroc, l'hiver est doux et l'été est très chaud. À Marrakech, il fait 19 °C en hiver et 40 °C en été. Dans les régions de l'Atlas ou du Rif, il fait froid et il neige, en hiver. Sur le littoral atlantique, de mai à août, il y a beaucoup de brouillard le matin et il y a du soleil le reste de la journée. Ce phénomène météo s'appelle le « ciel blanc ».

Tous les exercices sont à compléter dans ton cahier.

Grammaire

Les adjectifs démonstratifs

	masculin	féminin
singulier	ce vent cet été / cet hiver	cette saison
pluriel	ces températures	

5 **Choisis la forme qui convient.**

1 Il fait froid **ce / cette** matin.
2 Regarde **cette / ces** nuages ! Il va pleuvoir.
3 **Cet / Ce** été, il fait chaud en Bretagne.
4 Il pleut beaucoup **ce / cette** année dans le sud.

6 **Complète avec le démonstratif qui convient.**

1 ____ été, il fait chaud dans toute la France.
2 Au printemps, il fait beau. J'adore ____ saison.
3 Pour consulter la météo, j'utilise ____ site Internet.
4 J'aime ____ températures.

Les verbes impersonnels et la météo

Il fait beau. Il y a du soleil.	Il y a du vent.
Il fait mauvais.	Il neige. Il y a de la neige.
Il pleut. Il y a de la pluie.	Il y a du brouillard.
Il y a des nuages.	Il y a de l'orage.
Il fait chaud. Il fait 30 degrés.	Il fait froid. Il fait 0 degré.

7 **Observe la carte météo. Quel temps il fait en France ? Aide-toi des étiquettes.**

Il neige. | au nord | Il y a du brouillard. | Le ciel est couvert. | à l'ouest | au sud | Il pleut. | Il fait 0 °C. | Il fait beau. | Il y a des nuages. | à l'est

8 **Observe la carte et lis le bulletin météo. Choisis l'option qui convient et complète le texte à l'aide des étiquettes.**

ce | cet | cette | ces

La météo du jour en Europe

____ matin, dans le sud-ouest, **il y a du soleil / il fait mauvais** à Séville et à Lisbonne. Dans ____ partie de l'Europe, **il fait froid / il fait beau.** Dans le sud de la France, à Toulouse, **il y a des nuages / il pleut** et **il y a du soleil / il neige.** À Bruxelles et à Frankfort, **il neige / il pleut.** Dans ____ villes, **il fait très chaud / il fait très froid.** Dans l'est, à Varsovie, **il y a de l'orage / il neige.** Et dans le sud-est, comme à Belgrade, à Bucarest et à Sofia, **il fait beau / il y a du brouillard.** Prochain point météo ____ après-midi.

À TOI !

9 Dessine une carte de ton pays et prépare un bulletin météo.

10 Médiation À deux. Dis ton bulletin météo à ton/ta camarade. Il/Elle dessine les informations entendues. Comparez.

Aujourd'hui, dans le nord, il fait beau/chaud…
Dans le sud, il y a du vent / des nuages…
Dans l'est du pays, il pleut/neige, il fait froid…

Précis de grammaire ⇨ pages 77 à 79

Entraîne-toi ! ⇨ page 81

2.2 Vocabulaire et écouter

- Dire comment on se sent

Vocabulaire — Les sensations physiques

Activité de préparation

1 Associe les phrases aux images. Puis écoute et vérifie.

a J'ai froid.
b J'ai chaud.
c Je suis content/e. / Je me sens bien.
d Je suis triste. / Je me sens mal.
e Je me sens fatigué/e.
f Je m'ennuie.
g J'ai sommeil.

1

2

3

4

5

6

7

2 Comment tu te sens…

en hiver ? | en été ? | en automne ? | au printemps ?

Stratégie d'écoute

3 Regarde le document puis écoute. Complète le tableau dans ton cahier.

La radio francophone

En direct

En ce moment :
16:00 - 17:00
Comment vous vous sentez ?

>

À suivre :
17:00 - 17:15
Flash infos

Aujourd'hui
La météo
Vos questions et vos réponses

personne	sensations
Jade	
Benjamin	
la grand-mère de Nathan	

4 Écoute à nouveau. Puis choisis l'option qui convient.

1 Jade ne sait pas quoi faire quand…
   a il neige.
   b il pleut.
   c il fait froid.

2 Benjamin va faire du ski avec…
   a ses amis.
   b ses parents.
   c son frère.

3 La grand-mère de Nathan n'aime pas…
   a son jardin.
   b le brouillard.
   c les animaux.

Tous les exercices sont à compléter dans ton cahier.

Grammaire

Les verbes irréguliers : *connaître* et *savoir*

connaître	savoir
je connais tu connais il/elle/on connaît nous connaissons vous connaissez ils/elles connaissent	je sais tu sais il/elle/on sait nous savons vous savez ils/elles savent

5 Choisis le verbe qui convient.

1 Il habite à Dunkerque. Il **connaît / connaissent** bien cette ville.
2 Tu **savez / sais** quel temps il fait à La Réunion ?
3 Nous **savez / savons** parler arabe.
4 Vous ne **connaissez / connaît** pas le Québec.
5 Je **sait / sais** faire cet exercice.

Les adjectifs possessifs

	un possesseur			plusieurs possesseurs	
	mas. sing.	fém. sing.	pluriel	singulier	pluriel
1re pers.	mon	ma	mes	notre	nos
2e pers.	ton	ta	tes	votre	vos
3e pers.	son	sa	ses	leur	leurs

6 Choisis l'adjectif possessif qui convient.

1 Je fais du ski avec **ma / mon / mes** amis.
2 Il pleut, prends **ton / ta / tes** parapluie.
3 Ils se promènent avec **leurs / leur / son** chien.
4 Nous avons une voiture. C'est **notre / vos / nos** voiture.
5 Je connais **son / votre / vos** cousine.

7 Complète avec les adjectifs possessifs qui conviennent.

1 Ce stylo est à moi. C'est ____ stylo.
2 Ces chats sont à mes cousins. Ce sont ____ chats.
3 Ces vélos sont à nous. Ce sont ____ vélos.
4 Ce cahier est à elle. C'est ____ cahier.
5 Ce jardin est à vous. C'est ____ jardin.

8 Complète la conversation avec les étiquettes.

ma ta sa tes ses ses
leurs sais sais connais

← Juliette

Salut Juliette, devine où je suis !!

Coucou Paul ! Je ne ____ pas… en vacances avec ____ parents ?

Non, je suis en France avec ____ correspondante ! Aujourd'hui on visite le Palais idéal du facteur Cheval avec ____ parents.

Tu es avec ____ correspondante de Grenoble ? ____ famille est sympa ?

Très sympa ! Et tu ____, ils ont des animaux. ____ chiens s'appellent France et Espagne ! 😉

Et tu ____ ____ amis maintenant ?

Oui, ils sont très gentils. On parle beaucoup. Je suis très content ! 🙂

Super ! 😉

À TOI !

9 Écris des phrases pour décrire comment tu te sens dans ces situations.

il y a du soleil il pleut il neige
il y a du brouillard en classe en vacances
le dimanche avec les animaux

Je me sens bien quand il y a du soleil.

10 Pose des questions et réponds. Qui se sent comme toi ?

Comment tu te sens quand il y a du soleil ?

Se préparer

1 Regarde la vidéo 1 et choisis les réponses qui conviennent.

1 Pourquoi Élias contacte Louna ?
  a Pour organiser une excursion en forêt.
  b Pour annuler une excursion en forêt.

2 Quel temps est-ce qu'il fait ce week-end ?
  a Il pleut.
  b Il fait froid.

3 Que propose Louna ?
  a Elle propose de rester à la maison.
  b Elle propose de trouver une autre activité.

2 Regarde la vidéo 2 et réponds aux questions.

a Quelles activités (1-6) propose Louna ?
b Sur quelle activité Élias et Louna se mettent d'accord ?

OUTILS POUR LA VIE

Proposer une activité et refuser une proposition.

Selon toi, quelle est la phrase correcte pour faire une proposition ? Et quelle est la phrase correcte pour la refuser ?

1 Je veux aller à la patinoire. Viens avec moi.
2 Tu veux venir à la patinoire avec moi ?
3 Ah non ! C'est nul, la patinoire !
4 Non merci. Désolé mais je ne sais pas patiner.

Tous les exercices sont à compléter dans ton cahier.

S'entraîner

3 Complète le dialogue à l'aide des phrases a à h.

Louna : Alors… **(1)**
Élias : À la patinoire ? **(2)** Il fait froid et je ne sais pas patiner !
Louna : Bon, **(3)** ?
Élias : **(4)** je vais au cinéma dimanche avec mes parents.
Louna : D'accord, d'accord ! **(5)**
Élias : **(6)**, mais je préfère danser ou aller voir un spectacle.
Louna : **(7)** Il y a un concours de break dance au gymnase, et c'est ouvert au public !
Élias : **(8)** […]

a tu veux aller au cinéma ?
b Tu viens chez moi et on regarde une série ?
c Ah je sais !
d Je te propose d'aller à la patinoire demain.
e Euh… oui pourquoi pas
f Non merci !
g Ah non, désolé :
h D'accord ! Génial !

4 À deux, lisez et interprétez le dialogue de l'exercice précédent.

BIEN PRONONCER

a Écoute. Tu entends le son [O] ou [ø] ?

	1	2	3	4
[O]				
[ø]				

b Écoute et répète. Fais attention à la prononciation.

1 Il pleut ! Tu veux aller voir une expo ?
2 Il fait beau ! On peut faire une balade à vélo !
3 Je ne peux pas ! Il fait trop chaud !

5 ON s'parle À toi. Regarde la vidéo 3 et réponds aux questions.

Parler

Proposer une activité en fonction de la météo.

1 À deux. Choisissez deux situations météorologiques.

2 Chacun(e) choisit quatre activités à faire en fonction de la météo.

- faire du ski
- faire du surf
- faire une balade à vélo
- faire une randonnée
- faire un pique-nique
- faire du skate
- aller au cinéma
- aller voir une expo
- aller au cirque
- aller à la piscine
- aller à la patinoire
- aller au parc d'attractions

3 À tour de rôle. Proposez les activités à votre camarade et mettez-vous d'accord sur une sortie.

CONSTRUIRE SON DIALOGUE

Alors… Je te propose d'aller… de faire… demain / ce week-end / samedi…

Non merci…. Il fait… Il pleut…

Bon, tu veux aller/faire… ?

Ah non, désolé/e, je vais/ fais… je ne peux pas…

D'accord… Tu viens… ?

Euh… oui pourquoi pas, mais je préfère…

Ah je sais ! On peut aller/faire…

D'accord ! Génial !

Précis de grammaire ⇨ pages 77 à 79

- Décrire des photos
- Les adjectifs interrogatifs : *quel, quelle, quels, quelles*

Quelle est ta photo préférée ? Raconte-nous !

Je m'appelle Angèle. J'habite à Calvi, en Corse. C'est une île située au sud-est de la Côte d'Azur et son climat est méditerranéen.

1 Voici une photo de mes promenades en montagne. J'ai fait cette photo au printemps. Au printemps en Corse, il fait beau, il ne fait pas froid et j'adore faire de la randonnée en montagne avec mes amis. Sur la photo, le paysage est spécialement joli : on voit les montagnes mais on voit aussi la mer.

2 L'autre photo, je l'ai prise en été, ma saison préférée. Normalement, il ne pleut pas et il fait chaud. Il fait entre 27 °C et 30 °C. J'ai fait cette photo dans les calanques de Piana, j'adore nager ici. Cet endroit est sauvage et il est inscrit au patrimoine mondial de l'UNESCO. L'eau est turquoise et on peut voir les poissons nager, c'est magique.

Et dans votre pays, quel temps fait-il au printemps et en été ?
Et quels sont vos lieux préférés ?

Identifier des informations

1 Lis le message d'Angèle et réponds aux questions.

1 Où habite Angèle ?
2 Quel temps fait-il au printemps ?
3 Qu'est-ce qu'elle aime faire au printemps ?
4 Quelle est sa saison préférée ?
5 Quel temps fait-il en été ?
6 Pourquoi Angèle pense que les calanques de Piana sont un endroit magique ?

Observer la langue

2 Observe les mots surlignés en jaune dans le texte. Complète le tableau dans ton cahier.

L'adjectif interrogatif *quel* s'accorde en genre et en nombre avec le nom qui suit.

	masculin	féminin
singulier		
pluriel		quelles

3 Complète les questions avec l'adjectif interrogatif qui convient.

1 ____ température fait-il ce soir ?
2 ____ temps fait-il en automne ?
3 ____ régions françaises connais-tu ?
4 ____ pays ont un climat tropical ?

4 Médiation Décris tes photos préférées à un/e ami/e francophone.

CONSTRUIRE SON TEXTE

1 Organise tes idées :
Choisis une ou deux photos. Prends des notes dans ton cahier pour indiquer :

- à quelle saison tu as fait la photo.
- quelle activité tu fais au moment de la photo.
- les éléments qu'on voit sur l'image.

2 Fais des phrases :

Partie 1 : Décris la météo de cette saison.
J'ai fait cette photo en/au…
En… il fait… Il ne fait pas… Il fait… degrés…

Partie 2 : Explique pourquoi tu aimes faire l'activité sur l'image.
J'aime… J'adore...

Partie 3 : Décris l'image.
Sur la photo, le paysage est…
On voit…

3 Vérifie :

- ☐ Le lexique de la météo, des saisons et des sensations physiques
- ☐ Les adjectifs démonstratifs
- ☐ Les verbes impersonnels et la météo
- ☐ Les adjectifs possessifs
- ☐ Les adjectifs interrogatifs

Tous les exercices sont à compléter dans ton cahier.

Bilan linguistique

La météo

Il fait beau.
Il fait chaud.
Il fait froid.
Il fait 0 °C.
Il y a un arc-en-ciel.
Il y a des nuages.
Il y a du brouillard.
Il y a du vent.
Il y a de l'orage.
Il pleut.
Il neige.
Il grêle.

Les points cardinaux

au nord
au sud
à l'est
à l'ouest

Les saisons

le printemps
l'été
l'hiver
l'automne

Les sensations physiques

J'ai froid.
J'ai chaud.
J'ai sommeil.
Je suis content/e.
Je suis triste.
Je me sens bien.
Je me sens mal.
Je me sens fatigué/e.
Je m'ennuie.

Les adjectifs démonstratifs

	masculin	féminin
singulier	ce vent cet été / cet hiver	cette saison
pluriel	ces températures	

Les verbes impersonnels et la météo

Il fait beau. Il y a du soleil.	Il y a du vent.
Il fait mauvais.	Il neige. Il y a de la neige.
Il pleut. Il y a de la pluie.	Il y a du brouillard.
Il y a des nuages.	Il y a de l'orage.
Il fait chaud. Il fait 30 degrés.	Il fait froid. Il fait 0 degré.

Les verbes irréguliers : *connaître* et *savoir*

connaître	savoir
je connais	je sais
tu connais	tu sais
il/elle/on connaît	il/elle/on sait
nous connaissons	nous savons
vous connaissez	vous savez
ils/elles connaissent	ils/elles savent

Les adjectifs possessifs

	un possesseur			plusieurs possesseurs	
	mas. sing.	fém. sing.	pluriel	singulier	pluriel
1re pers.	mon	ma	mes	notre	nos
2e pers.	ton	ta	tes	votre	vos
3e pers.	son	sa	ses	leur	leurs

Proposer une sortie

– Alors… Je te propose d'aller… de faire… demain / ce week-end / samedi…
– Bon, tu veux aller/faire… ?
– D'accord… Tu viens… ?
– Ah je sais ! On peut aller/faire…

– Non merci… Il fait… Il pleut…
– Ah non, désolé/e, je vais/fais… je ne peux pas…
– Euh… oui pourquoi pas, mais je préfère…
– D'accord ! Génial !

Annexes cahier d'exercices ⇨ pages 61 à 64

1 Projet à 360°

Crée une vidéo pour un vlog pour parler des bienfaits de la vie active.

Unités 1 et 2 Zooms 360°

1 PENSER ET PARTAGER **Regarde la photo à 360° des cascades d'Ouzoud au Maroc. À ton avis, quelles activités peut-on pratiquer dans ce Parc naturel ?**

Découvrir

2 TOUS LES ZOOMS **Découvre l'image et les zooms. Complète les phrases avec les étiquettes.**

automne | arcs-en-ciel | frais | été | vent

1. Les ____ aux cascades d'Ouzoud sont fréquents.
2. Les surfeurs peuvent faire du surf à Essaouira parce qu'il y a du ____.
3. Les habitants aiment pique-niquer et se baigner à Ouzoud en ____.
4. La femme marocaine aime se promener au bord de la rivière parce qu'il fait ____.
5. La saison idéale pour faire de la randonnée dans la région d'Ouzoud est l'____.

3 **Quelles activités peut-on faire à Ouzoud et dans sa région ?**

1	faire du rafting	5	faire du camping
2	faire de la randonnée	6	se baigner
3	faire de l'escalade	7	faire du ski
4	faire un pique-nique	8	admirer la faune

4 TOUS LES ZOOMS **Choisis l'option correcte.**

1. Grâce au fait d'être vloggeuse, Emma est plus **optimiste / sociable**.
2. Si tu veux faire une activité **amusante / impatiente** à Casablanca, fais un escape game en famille !
3. Faire une randonnée permet d'admirer la nature et de se sentir plus **calme / actif**.
4. La touriste française **se sent bien / se sent mal** parce qu'elle découvre des lieux incroyables.
5. Visiter le Moyen Atlas en hiver permet de pratiquer plein de sports et d'être très **calme / actif**.

5 PENSER ET PARTAGER **Et vous ? Est-ce que vous faites des activités pour vous sentir bien ? Quel type d'activités ?**

Toutes les exercices sont à compléter dans ton cahier.

Situation d'apprentissage

Crée une vidéo pour un vlog.

ÉTAPE 1

Ton collège organise une Semaine de la vie active et on te demande de parler des bienfaits de la vie sportive, sociale et culturelle. Choisis des activités et parle de leurs bienfaits. Puis crée une vidéo pour ton vlog.

ÉTAPE 2

À deux. Choisissez chacun les trois activités dont vous voulez parler sur votre vlog. Aidez-vous des éléments de la liste.

- faire du yoga
- faire du bénévolat
- écouter de la musique
- faire du théâtre
- faire de la natation, de l'escalade…
- sortir avec ses amis, sa famille
- danser
- faire des travaux manuels
- faire de la musique
- lire

FAITES DES RECHERCHES !

Allez sur Internet et trouvez quelques bienfaits pour chaque activité choisie.

ÉTAPE 3

Écris le script de ta vidéo. À deux, donnez-vous des idées et corrigez-vous. Pensez à la mise en scène de vos vidéos. Entraînez-vous à dire votre texte.

ÉTAPE 4

Prépare ta vidéo. Filme-toi en train de réaliser les activités choisies et raconte comment tu te sens après les avoir faites. Tu peux ajouter des effets sonores ou de la musique pour rendre ta vidéo plus dynamique.

ÉTAPE 5

Présente ta vidéo à la classe ! Qu'est-ce que tu aimes dans les vidéos de tes camarades ? Que penses-tu des bienfaits de la vie active qu'ils/elles présentent ?

Bilan DELF 1

Compréhension orale

Comprendre une conversation téléphonique

1 Vous êtes en France, vous téléphonez à un ami. Lisez les questions. Écoutez la conversation puis répondez.

1 Le cours d'équitation d'Enzo est annulé à cause...
a du froid. **b** de la pluie. **c** du vent.

2 Quel temps fait-il à Toulouse ?

a

b

c

3 Qu'est-ce qu'Anne va faire ce week-end ?
a aller au cinéma **b** écouter de la musique
c faire du sport

4 Anne adore Omar Sy parce qu'il est...
a intelligent. **b** drôle. **c** sérieux.

Compréhension écrite

Comprendre un message personnel

2 Vous êtes en France, vous recevez ce message de votre ami Alexandre. Lisez le document et répondez aux questions.

Salut Lucie,

Ça y est, nous sommes en Suisse ! Nous habitons à Broc, un village à côté de Fribourg. Ce n'est pas comme à Bruxelles ! C'est très calme et moi, je m'ennuie un peu. En plus, en hiver, il fait très froid et il neige ! Ma sœur est super contente. Elle adore la neige et elle fait du ski tous les week-ends.

Moi, je ne sais pas skier. Alors je fais du théâtre deux jours par semaine et c'est super ! Maintenant je connais des gens et je suis vraiment content. Ismaël est mon nouveau copain. Il est un peu bavard mais il est très gentil et amusant. Il aime regarder des séries et écouter de la musique, comme moi. C'est cool !

À bientôt ! Bises.

Alexandre

1 Où habite Alexandre ?
a à Bruxelles
b à Fribourg
c à Broc

2 En hiver, il ne fait pas chaud.
a vrai
b faux

3 Comment est son nouveau copain ?
a sérieux et gentil
b bavard et sérieux
c bavard et amusant

4 Alexandre n'aime pas regarder des séries.
a vrai
b faux

Production écrite

Présenter une personne

3 Votre magazine préféré vous propose de présenter votre meilleur/e ami/e. Vous décidez de participer. Vous parlez de son caractère et vous expliquez pourquoi c'est votre meilleur/e ami/e. (60 mots minimum)

Production orale

Échange d'informations

4 Choisissez un sujet et préparez votre présentation personnelle.

Sujet 1 : Loisirs
Que fais-tu pendant ton temps libre ?
Quels loisirs préfères-tu ?
Avec qui ?
Raconte.

Sujet 2 : Saisons
Quelle est ta saison préférée ?
Quel temps fait-il en cette saison ?
Pourquoi aimes-tu cette saison ?
Explique.

3 Bon appétit !

Objectifs de l'unité
- Parler des aliments et des boissons
- S'informer sur un menu et commander
- Écrire une recette

Vocabulaire — La nourriture

Activité de préparation

1 Observe les images et associe-les aux mots de la liste. Puis écoute et vérifie.

a	la salade	**h**	le lait
b	le saumon	**i**	les œufs
c	la banane	**j**	l'eau
d	la courgette	**k**	la pomme
e	l'orange	**l**	le poulet
f	le fromage	**m**	la carotte
g	le jus de fuit	**n**	la cerise

2 Observe les images. Quels aliments tu prends à chaque repas ?

a le petit déjeuner
b le déjeuner
c le dîner

3 Recopie et complète cette carte mentale dans ton cahier avec des mots que tu connais.

La nourriture
- les boissons
- les fruits
- les produits d'origine animale
- les légumes

4 Discute avec ton/ta camarade.

1 Quels aliments mange une personne végétarienne ?
2 Quels aliments mange une personne végane ?

5 Regarde la vidéo et réponds aux questions.

Entraîne-toi ! ⇨ page 82

- Parler de plats typiques
- Utiliser les articles partitifs et les verbes en *-er*

Notre tour du monde des spécialités culinaires

Vous cherchez des idées pour préparer un plat différent ?
Cette semaine nous vous proposons une sélection de quatre plats traditionnels francophones.

Moules-frites

C'est un plat très populaire en Belgique. On trouve ce plat sur toutes les cartes des restaurants et les Belges mangent des moules-frites pour la fête nationale, le 21 juillet. On prépare ce plat avec des moules, de l'oignon, un peu de beurre et bien sûr des pommes de terre pour faire les frites.

Gâteau à la banane créole

Le gâteau à la banane est un dessert traditionnel de l'île de La Réunion. Les Réunionnais/es mangent des petites bananes, appelées « mignonnes ». Pour réaliser ce dessert simple et rapide, on utilise des bananes, des œufs, du sucre, de la farine et du beurre. Un dessert idéal pour les enfants !

Fondue au fromage

La fondue au fromage est synonyme de tradition et de convivialité. C'est un plat suisse avec du fromage, du pain et du vin blanc. On peut accompagner ce plat avec du jambon ou des tomates. Pour manger une bonne fondue, on achète des fromages suisses.

Couscous

On mange le couscous au Maroc, en Tunisie et en Algérie. Les Marocains/es mangent ce plat avec la main droite uniquement. Il est préparé avec de la semoule, de la viande, des légumes, comme des courgettes et des carottes, et des épices. C'est un plat complet et convivial.

Stratégie de lecture

1 Écoute et lis l'article. Puis dis si ces phrases sont vraies ou fausses.

1 Les moules-frites sont un plat belge.
2 Pour préparer les moules-frites, on utilise des courgettes.
3 Dans le gâteau à la banane créole, il y a de la farine.
4 La fondue suisse est un plat avec des légumes.
5 On prépare le couscous avec du poisson.

2 Médiation Imagine qu'un/une ami/e francophone veut préparer un de ces quatre plats. Explique-lui quels sont les ingrédients de ce plat.

3 Complète les phrases avec les étiquettes.

pain | sucre | viande | pommes de terre | beurre | légumes

1 On prépare les moules-frites avec des moules et des ____.
2 On fait le gâteau à la banane créole avec du ____ et du ____.
3 Les Suisses mangent la fondue au fromage avec du ____.
4 Le couscous se prépare avec de la ____ et des ____.

4 Et dans ton pays, quels sont les plats typiques ? Quels sont les ingrédients principaux ? Aide-toi d'un dictionnaire si nécessaire.

Pour aller plus loin

Tous les exercices sont à compléter dans ton cahier.

Grammaire

Les articles partitifs

	masculin	féminin	devant une voyelle ou *h*
singulier	du sucre du beurre	de la farine de la viande	de l'eau de l'huile
pluriel	des moules des légumes		

5 Complète les phrases avec l'article partitif qui convient.

1 Le soir, tu manges ___ viande ou ___ poisson ?
2 Tu préfères boire ___ eau ou ___ jus de fruits ?
3 Le matin, je mange ___ pain avec ___ beurre.
4 Elle prépare une soupe avec ___ carottes.
5 Nous aimons les pizzas avec ___ fromage.
6 Il y a ___ œufs dans la paëlla ?

6 Choisis l'article partitif qui convient.

1 En hiver, je mange **du / des** oranges.
2 J'utilise **de l' / de la** huile d'olive pour cuisiner.
3 On prépare le gaspacho avec **de la / des** tomates.
4 Nous allons acheter **de la / du** farine pour faire un gâteau.

Les verbes en -*er* comme *acheter* et *manger*

acheter	manger
j'achète tu achètes il/elle/on achète nous achetons vous achetez ils/elles achètent	je mange tu manges il/elle/on mange nous mangeons vous mangez ils/elles mangent

7 Associe les éléments et forme des phrases.

1 Nous…
2 Mon amie…
3 Est-ce que tu…
4 Vous…
5 Elles

a mange à la cantine.
b mangez cinq fruits et légumes par jour.
c achetons des fruits ?
d achètent du fromage.
e achètes du soda pour ton anniversaire ?

8 Complète la conversation avec les verbes *acheter*, *manger* et les articles partitifs.

< Famille

Coucou ! Est-ce que nous avons ___ champignons et ___ tomates à la maison ?

Papa
Non. Pourquoi ?

Ma copine Salma ___ avec nous aujourd'hui. Je vais préparer une pizza.

Maman
Ah, bonne idée ! Nous avons ___ jambon si tu veux !

Non, Salma est végétarienne. Pour le dessert, je vais faire une tarte. On a ___ pommes ?

Papa
Non. Alors, si vous voulez, moi, j'___ des œufs, ___ farine et ___ pommes.

Super ! Salma va apporter ___ sodas.

Maman
Parfait ! À tout à l'heure.

À TOI !

9 À deux. Créez votre pizza préférée. Faites la liste des ingrédients.

De la farine, de l'eau, du sel…

10 Médiation Dessinez votre pizza, puis affichez le dessin et présentez-la à la classe. Votez pour votre pizza préférée.

Dans notre pizza, il y a…

Précis de grammaire ⇨ pages 77 à 79

Entraîne-toi ! ⇨ page 82

3.2 Vocabulaire et écouter

Vocabulaire — Les plats et les boissons

Activité de préparation

1 **Associe les plats aux images. Puis écoute et vérifie.**

2 **Quel est ton plat préféré dans l'exercice 1. Compare avec ton/ta camarade.**

Stratégie d'écoute

3 **Écoute et choisis l'option correcte.**

1. C'est une entrée : **les carottes râpées / le poulet avec des frites.**
2. C'est un plat principal : **la salade de tomates / le saumon grillé avec du riz.**
3. C'est un dessert : **le jus d'orange / la tarte aux pommes.**
4. C'est une boisson : **le gâteau au chocolat / le soda.**

4 **Écoute à nouveau et coche dans ton cahier les plats et les boissons qu'ils commandent.**

	Mathéo	Cléa
la salade de tomates		
les carottes râpées		
le poulet avec des frites		
le saumon grillé avec du riz		
la tarte aux pommes		
le gâteau au chocolat		
le jus d'orange		
le soda		

Tous les exercices sont à compléter dans ton cahier.

Grammaire

Les verbes en *-ir* comme *finir* et *choisir*

finir	choisir
je finis tu finis il/elle/on finit nous finissons vous finissez ils/elles finissent	je choisis tu choisis il/elle/on choisit nous choisissons vous choisissez ils/elles choisissent
grandir, grossir, maigrir, rougir…	

5 Complète avec les verbes *finir* ou *choisir* à la forme qui convient.

1 On ___ quel restaurant ?
2 Je ___ mon dessert et j'arrive !
3 Tu ___ quoi comme entrée ?
4 Vous ___ les légumes ou le riz ?
5 Ils ___ de manger à 13 h.
6 Nous ___ pour toi, d'accord ?

Le verbe *boire*

je bois tu bois il/elle/on boit	nous buvons vous buvez ils/elles boivent

6 Choisis la forme correcte.

1 Je **boit / bois** du jus d'orange.
2 Ton frère **boit / bois** un soda.
3 Nous ne **buvons / buvez** pas de café.
4 Elles **bois / boivent** de l'eau.
5 Vous ne **boivent / buvez** pas d'alcool.

La quantité

trop de/d'	Il y a trop de beurre. Il y a trop d'huile.
assez de/d'	Nous avons assez de légumes. Nous avons assez d'œufs.
un peu de/d'	Je bois un peu de thé. Je bois un peu d'eau.
pas assez de/d'	Il ne mange pas assez de fruits. Il ne boit pas assez d'eau.

7 Complète les phrases à l'aide des étiquettes.

un peu d' | pas assez de | trop de | pas assez d'

1 Il mange ___ chocolat, il va être malade !
2 Nous n'avons ___ oranges.
3 J'ai soif, je voudrais ___ eau.
4 Il n'y a ___ sucre dans cette tarte !

8 Complète les phrases à l'aide des étiquettes.

trop de | mange | bois | pas assez de | assez de | finis | un peu de | choisis

Salut, on ___ à la piscine ?

Bonne idée !

Je prépare des sandwichs mais je n'ai ___ boissons.

Pas de problème, j'apporte des jus de fruits !

Tu as ___ jus de fruits pour quatre personnes ? Claire et Marie viennent.

Oui, j'ai des sodas aussi. Tu ___ quoi ?

Moi, je ___ de l'eau, il y a ___ sucre dans les sodas et les jus de fruits ! Je prépare des sandwichs au jambon et au fromage. Je mets ___ salade dans les sandwichs, d'accord ?

D'accord, je ___ mes devoirs et j'arrive !

À TOI !

9 À deux. Composez votre menu idéal.
Comme entrée / plat principal / dessert / boisson…
Je mange… Je bois… Je prends…
Il y a …

10 Présentez votre menu idéal à la classe. Puis votez pour votre menu préféré.

Précis de grammaire ⇨ pages 77 à 79

Entraîne-toi ! ⇨ page 82

Se préparer

1 Regarde la vidéo 1 et choisis les réponses correctes.

1 Que lit Louna ?
- a un menu de food truck
- b une publicité pour un food truck

2 Quelle est la particularité du food truck ?
- a Il propose des spécialités régionales.
- b Il propose de la nourriture locale.

3 Il faut réserver le menu.
- a vrai
- b faux

OUTILS POUR LA VIE

Demander quelque chose poliment

Selon toi, quelles sont les phrases correctes pour s'informer sur un menu et pour commander ?

- a Pour moi, le menu végétarien.
- b Je vais prendre le menu végétarien, s'il vous plaît.
- c Je veux le menu végétarien.
- d Je voudrais le menu végétarien, s'il vous plaît.

2 Regarde la vidéo 2 et réponds au questionnaire.

1 Il y a combien de menus ?
- a 1
- b 2
- c 3

2 Qu'est-ce qu'il y a dans le menu végétarien ?
- a des salades
- b des hamburgers véganes
- c des falafels

3 Quelles boissons sont proposées ?
- a des sodas
- b de la limonade
- c des thés glacés
- d des smoothies
- e des jus de fruits

4 Qui choisit le menu végétarien ?
- a Louna
- b Élias

5 Que choisit Louna comme accompagnement ?
- a des légumes
- b des frites

Tous les exercices sont à compléter dans ton cahier.

S'entraîner

3 **Complète le dialogue à l'aide des phrases a à g.**

Louna : Bonjour, monsieur. Je voudrais des informations, s'il vous plaît. **(1)** D'accord... Alors le menu végétarien est à 8 € et le menu burger a 10 €.
Élias : **(2)** ?
Louna : Des falafels !
Élias : Mmm ! J'adore !
Louna : Et **(3)** ?... De la limonade, des thés glacés et des jus de fruits.
Élias : Pour moi, un falafel et un thé glacé.
Louna : Alors, **(4)** un menu végétarien avec un thé glacé comme boisson, et un menu burger avec une limonade, s'il vous plaît. **(5)** Des légumes ou des frites maison ?
Élias : Des légumes !
Louna : Alors **(6)** ! Merci ! Au revoir, monsieur.
Élias : Et comme dessert, **(7)**.
Louna : Mais non, Élias, il n'y a pas de dessert !

a Qu'est-ce qu'il y a dans le menu végétarien
b mon ami aimerait des légumes et moi, je vais prendre des frites, s'il vous plaît.
c qu'est-ce que vous avez comme boissons
d je voudrais une crêpe au chocolat
e Combien coûtent les menus ?
f je voudrais réserver
g Qu'est-ce que tu veux avec les falafels

4 **À deux, lisez et interprétez le dialogue de l'exercice précédent.**

5 ON s'parle **À toi. Regarde la vidéo 3 et suis les instructions.**

BIEN PRONONCER

a Écoute. Tu entends le son [b] ou le son [v] ?

b Écoute et répète. Fais attention à la prononciation.

1 Je voudrais un menu végétarien.
2 Les hamburgers sont très bons !
3 Je voudrais un hamburger et une boisson !

Parler

Informe-toi sur un menu et commande.

1 À deux. Choisissez chacun/e un food truck.

2 À tour de rôle, demandez des informations sur le menu et commandez.

A La crêperie ambulante

Menu 1 : une galette (1 ingrédient) / une crêpe (1 ingrédient) / une boisson : 8 €
Menu 2 : une galette (3 ingrédients) / une crêpe (2 ingrédients) / une boisson : 10 €
Ingrédients :
Salé : champignons, fromage, tomates, jambon, œufs
Sucré : chocolat, sucre, confiture, miel, chantilly
Boissons : jus de pomme, eau gazeuse, eau plate

B Destination : Maroc

Menu 1 : plat unique + boisson (10 €)
Menu 2 : entrée + plat + boisson (12 €)
Entrée : bricks à la viande / au thon / aux légumes
Plats : tajine de poulet / tajine de poisson / chakchouka (ratatouille aux poivrons)
Boisson : thé à la menthe, eau gazeuse, eau plate

CONSTRUIRE SON DIALOGUE

Alors. . Il y a un menu... et un menu...

Combien ça coûte ?
Combien coûte le menu... ?

Le menu... est à... et le menu... est à...

Qu'est-ce qu'il y a dans le menu... ?

Dans le menu... il y a...

Et comme boisson ?
Qu'est-ce qu'ils ont comme boissons ?

Comme boissons il y a de la... des... du...
Qu'est-ce que tu veux avec... ?

Alors, je voudrais... Pour moi...
Je vais prendre... S'il te plaît. Merci.

Précis de grammaire ⇨ pages 77 à 79

On s'parle, Kit actif, Unité 3

3.4 Écrire

- Écrire une recette
- Exprimer des quantités précises

Clafoutis aux cerises

Ingrédients :
- 750 grammes de cerises
- 100 grammes de farine
- 120 grammes de sucre
- 25 centilitres de lait
- 6 œufs
- une pincée de sel
- un peu de beurre pour le moule

Temps de préparation : 15 minutes
Temps de cuisson : 35 minutes
✦✧✧ Facile
✕ 6 personnes

Préparation :
1 Mélangez dans un saladier le sucre, les œufs et une pincée de sel.
2 Versez le lait dans le saladier.
3 Ajoutez la farine et mélangez.
4 Mettez les cerises dans le moule beurré.
5 Versez la préparation dans le moule.
6 Mettez au four et faites cuire 35 minutes à 220 °C.

Idéal aussi avec des pommes ou des bananes.

Identifier des informations

1 Lis la recette et réponds aux questions.

1 Pour combien de personnes est la recette du clafoutis ?
2 Avec quels fruits on fait cette recette ?
3 Combien d'ingrédients il faut pour faire un clafoutis ?

Observer la langue

2 Observe les mots en jaune dans la recette. Puis complète la règle dans ton cahier.

litre | gramme

1 Pour exprimer la masse, on utilise ___ suivi de *de/d'*.
2 Pour exprimer le volume, on utilise ___ suivi de *de/d'*.

3 Complète la liste de courses à l'aide des étiquettes.

litre | de | kilo | d' | grammes | de

- 1 litre ___ eau
- 100 ___ de farine
- 1 ___ de carottes
- 2 kilos ___ oranges
- 500 grammes ___ fraises
- 1 ___ de lait

4 Écris la recette d'un plat de ton choix.

CONSTRUIRE SON TEXTE

1 Organise tes idées :
Choisis une recette, puis note les ingrédients et les étapes dans ton cahier.

2 Fais des phrases :

Partie 1 : Écris les informations suivantes :
- les temps de préparation et de cuisson
- la difficulté
- le nombre de personnes
- les ingrédients

Partie 2 : Écris les quantités de manière précise.
100 grammes de beurre, 1 kg de pommes de terre…

Partie 3 : Écris des phrases pour expliquer les étapes de la préparation.
Coupez les carottes… Mélangez la farine et les œufs…

3 Vérifie :
- ☐ Le lexique des aliments et des boissons
- ☐ Les articles partitifs
- ☐ Les verbes en *-er* comme *acheter* et *manger*
- ☐ Les verbes en *-ir* comme *finir* et *choisir*
- ☐ Le verbe *boire*
- ☐ Exprimer des quantités précises

Tous les exercices sont à compléter dans ton cahier.

Bilan linguistique

La nourriture

la banane
la cerise
la pomme
le kiwi
l'orange
la carotte
la courgette
la pomme de terre / la frite
la salade
la tomate
le champignon
l'aubergine
l'oignon
la sardine
la viande
le beurre
le fromage
le jambon
le lait
le poulet
le thon
le saumon
le yaourt
les œufs
les moules
la farine
le sel
le sucre
le riz
les épices
les pâtes

Les boissons

la limonade
le café
le jus de fruits
le lait
le soda
le thé
l'eau

Les plats

la brick
la chakchouka
la crêpe
la fondue au fromage
la galette
la paëlla
la pizza
la tarte aux pommes
le couscous
le gâteau à la banane créole
le hamburger
le sandwich
le tajine
les falafels
les moules-frites

Le menu

l'entrée
le plat principal
le dessert

Les articles partitifs

	masculin	féminin	devant une voyelle ou *h*
singulier	du sucre du beurre	de la farine de la viande	de l'eau de l'huile
pluriel	des moules des légumes		

Les verbes en *-er* comme *acheter* et *manger*

acheter	manger
j'achète tu achètes il/elle/on achète nous achetons vous achetez ils/elles achètent	je mange tu manges il/elle/on mange nous mangeons vous mangez ils/elles mangent

Les verbes en *-ir* comme *finir* et *choisir*

finir	choisir
je finis tu finis il/elle/on finit nous finissons vous finissez ils/elles finissent	je choisis tu choisis il/elle/on choisit nous choisissons vous choisissez ils/elles choisissent
grandir, grossir, maigrir, rougir…	

Le verbe *boire*

je bois tu bois il/elle/on boit	nous buvons vous buvez ils/elles boivent

La quantité

trop de/d'	Il y a trop de beurre. Il y a trop d'huile.
assez de/d'	Nous avons assez de légumes. Nous avons assez d'œufs.
un peu de/d'	Je bois un peu de thé. Je bois un peu d'eau.
pas assez de/d'	Il ne mange pas assez de fruits. Il ne boit pas assez d'eau.

S'informer sur un menu et commander

- Alors… Il y a un menu… et un menu…
- Le menu… est à… et le menu… est à…
- Dans le menu… il y a…
- Comme boissons il y a de la… des… du…
- Qu'est-ce que tu veux avec… ?
- Combien ça coûte ? / Combien coûte le menu… ?
- Qu'est-ce qu'il y a dans le menu… ?
- Et comme boisson ? / Qu'est-ce qu'ils ont comme boissons ?
- Alors, je voudrais… Pour moi…
- Je vais prendre… S'il te plaît. Merci.

Annexes cahier d'exercices ⇨ pages 65 à 68

Connais-tu la Polynésie française ?

La Polynésie française est une collectivité d'outre-mer. Elle est composée de 5 archipels qui regroupent 118 îles.

Capitale administrative : Papeete

Habitants à Papeete : 26 357

Langue officielle : français

Îles les plus célèbres : Tahiti, les îles Marquises, Bora-Bora

Fête nationale : 14 juillet

Trois dates importantes :

- En mai : la régate des perles de Tahiti
- En juin et juillet : le Grand Heiva
- En novembre : le Festival Polynesia Tatau Tattoo

Papeete (Tahiti)

Les îles Marquises

Bora-Bora

Course de pirogues pendant le Heiva

La Orana Maria (Ave Maria)

Paul Gauguin, un peintre voyageur

Paul Gauguin vit 10 ans à Tahiti (1891-1901), où il découvre la culture polynésienne. Il réalise alors des sculptures sur bois et des tableaux très colorés. En 1901, il s'installe aux îles Marquises et il peint des toiles qui s'inspirent des arts traditionnels. *La Orana Maria* est l'un de ses tableaux les plus célèbres.

La fleur de tiaré, symbole de la Polynésie

En Polynésie, on porte cette fleur à l'oreille lors des cérémonies. On offre aussi des colliers de fleurs de tiaré pour souhaiter la bienvenue aux touristes. Tous les 7 décembre, il y a la Journée du Tiaré Tahiti. Les rues sont décorées avec la fleur de tiaré. Les Polynésiens/nes participent à des concours de créations florales : couronnes, robes, colliers...

Le sais-tu ?

Le mot *tatouage* vient du tahitien *ta-atua* : *ta* signifie dessin inscrit sur la peau et *atua*, esprit. L'art du tatouage est très important en Polynésie.

À TOI !

1 **Et dans ton pays, quels sont les symboles ? Sais-tu pourquoi ?**

2 Médiation **Ton/Ta camarade n'a pas compris un des textes de la page. Explique-lui avec tes propres mots.**

Tous les exercices sont à compléter dans ton cahier.

4 On déménage !

Objectifs de l'unité
- Parler des meubles, de l'électroménager, des pièces de la maison et des tâches ménagères
- Décrire une maison et s'organiser pour répartir les tâches ménagères
- Décrire sa pièce préférée de la maison

1

2

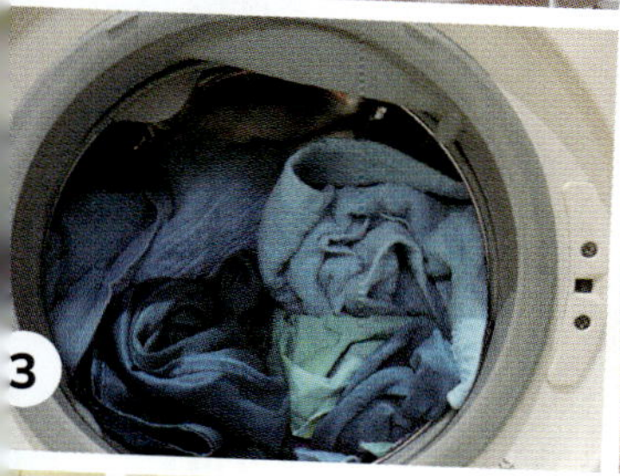
3

4

5

6

7

8

9

10

11

12

13

14

Vocabulaire — Les meubles, l'électroménager et les pièces de la maison

Activité de préparation

1 Observe les images et associe-les aux mots. Puis écoute et vérifie.

a	le lavabo	h	la salle de bains
b	la télé	i	la table de nuit
c	la chambre	j	le canapé
d	le four	k	la cuisine
e	le frigo	l	le salon
f	la douche	m	le lit
g	la table	n	la machine à laver

2 Associe les éléments pour former des phrases.

1	Dans la chambre…	a	…on prépare à manger et on garde les aliments.
2	Dans la salle de bains…	b	…on se lave et on se douche.
3	Dans la cuisine…	c	…on peut regarder un film sur le canapé.
4	Dans le bureau …	d	…on peut travailler ou faire ses devoirs.
5	Dans le salon…	e	…il y a un lit pour dormir.

3 Recopie et complète cette carte mentale dans ton cahier avec des mots que tu connais.

La maison
- le bureau
- la chambre
- le salon
- la cuisine

4 Quels objets est-ce que tu utilises tous les jours ? Discute avec ton/ta camarade.

5 Regarde la vidéo et réponds aux questions.

Entraîne-toi ! ⇨ page 83

- Parler des types de logement
- Utiliser les verbes en *-cer* et situer dans l'espace

Stratégie de lecture

1 **Écoute et lis les témoignages. Puis choisis un autre titre qui convient.**

1 Maison ou appartement ?
2 Les nouveaux types de logement alternatif
3 La maison préférée des Français

2 **Lis à nouveau les témoignages. Lequel mentionne quelqu'un qui…**

1 n'a ni douche ni toilettes.
2 a un bureau.
3 a beaucoup de fenêtres.
4 n'a pas de lave-vaisselle.
5 habite dans un port.
6 a trois chambres.

3 Médiation **Choisis un des trois types de logement. Explique à ton/ta camarade ses caractéristiques.**

4 **Discutez en groupe. Quel type de logement préférez-vous ? Pourquoi ?**

Pour aller plus loin

Le sais-tu ?

Pour **88 %** des Français, le logement idéal est une maison.

Bienvenue dans notre maison insolite !

1 Le confort dans 20 m²

Jeroen (46 ans) habite dans une *tiny house* (ou micromaison). La *tiny house* est une petite maison en bois sur roues.

“La surface habitable est limitée mais ma maison est très confortable. Il y a un salon, une cuisine, une salle de bains et deux chambres. J'habite au milieu de la nature et j'ai beaucoup de fenêtres. Derrière ma *tiny house*, il y a des arbres et devant, je vois la campagne. Je n'ai ni baignoire ni lave-vaisselle mais ce n'est pas un problème. Je préfère les douches et j'ai très peu de vaisselle.”

www.7sur7.be (adaptation)

2 La deuxième vie des containers

Après 9 mois de travaux, Capucine et Florent s'installent dans leur première maison container près de Besançon, en Franche-Comté.

“Nous habitons dans six containers de transport maritime en fin de vie. Ces containers viennent de Chine et de Singapour. Maintenant, nous avons une grande maison de 145 m² avec trois chambres, un bureau et un séjour de 45 m². Nous allons construire une petite piscine et une terrasse devant la maison.”

https://france3-regions.francetvinfo.fr (adaptation)

3 Ma « maison flottante »

“Je m'appelle Charlie et **j'habite sur un voilier dans le Vieux-Port de Marseille.** C'est ma troisième « maison » après ma vie dans un petit camion et un appartement. Mon bateau est près du centre-ville mais ici, tout est calme comme dans un village. Ce n'est pas aussi confortable que dans une maison ou un appartement. Pour la douche et les toilettes, j'utilise les sanitaires du port. Après ma journée de travail, je vais naviguer et je suis loin de la ville.”

https://start.lesechos.fr (adaptation)

Grammaire

Les nombres ordinaux

nombre cardinal + ième		
1er/1re premier/ère 2e deuxième, second/e 3e troisième 4e quatrième 5e cinquième	6e sixième 7e septième 8e huitième 9e neuvième 10e dixième	le rez-de-chaussée le dernier étage

5 Complète les phrases avec les nombres ordinaux en lettres.

1. Lundi est le ___ (1er) jour de la semaine.
2. Juin est le ___ (6e) mois de l'année.
3. Ils vont fêter son ___ (8e) anniversaire.
4. Ils habitent au ___ (9e) étage.

Les verbes en *-cer* comme *commencer*

commencer	effacer	tracer
je commence	j'efface	je trace
tu commences	tu effaces	tu traces
il/elle/on commence	il/elle/on efface	il/elle/on trace
nous commençons	nous effaçons	nous traçons
vous commencez	vous effacez	vous tracez
ils/elles commencent	ils/elles effacent	ils/elles tracent

6 Choisis la forme qui convient.

1. Nous **commençons / commencent** le cours.
2. Le professeur **efface / effaces** le tableau.
3. Je **commence / commencent** mon match à 14 h.
4. Les architectes **tracez / tracent** des lignes.

Les prépositions et les adverbes de lieu

La fenêtre est **derrière** le fauteuil.

La lampe est **là-bas**.

La table est **en face de** l'étagère.

La plante est **près de** la fenêtre.

La table est **loin de** la fenêtre.

Le canapé est **devant** les tables.

La table est **ici**.

Les fleurs sont **au milieu de** la table.

7 Observe autour de toi. Qu'est-ce qu'il y a...

derrière toi ? | devant toi ? | près de toi ? | loin de toi ? | en face du tableau ? | au milieu de la classe ?

8 Complète la conversation avec les étiquettes.

derrière | en face | commence | premier | loin | près

Laure

Alors, raconte ! Elle est comment ta nouvelle maison ?

J'adore ! Je ___ par le jardin ?

Vas-y !

___ la maison, il y a une piscine. Et tu sais quoi ? La maison est ___ de la mer, à seulement 500 mètres !

Quelle chance ! Et ta chambre, elle est où ?

Elle est au ___ étage, ___ de la salle de bains. Elle est grande et j'ai un balcon.

Tu es contente, alors ?

Oui. Mais le collège est à 20 km. C'est ___ !

Ah oui Bon, envoie-moi des photos, d'accord ?

De la piscine ou de ma chambre ?

À TOI !

9 Médiation **À deux. Prépare la description de ta chambre. Décris ta chambre à ton/ta camarade. Il/Elle dessine.**

Dans ma chambre, il y a une table...
La table est devant la fenêtre...

10 Médiation **À l'aide du dessin, ton/ta camarade présente ta chambre à la classe.**

Dans sa chambre, il y a un lit...
Près de la fenêtre, il y a...

Précis de grammaire ⇨ pages 77 à 79

Entraîne-toi ! ⇨ page 83

4.2 Vocabulaire et écouter

• Parler des tâches ménagères

Vocabulaire — Les tâches ménagères

Activité de préparation

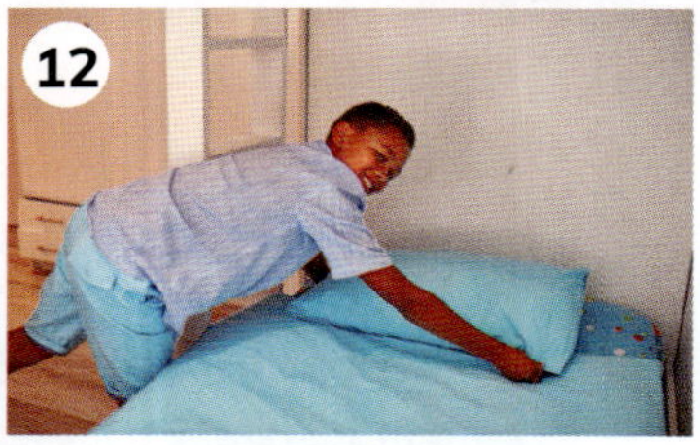

1 Associe les tâches ménagères aux images. Puis écoute et vérifie.

a Mettre la table.
b Débarrasser la table.
c Faire la cuisine, cuisiner.
d Laver le linge.
e Faire la vaisselle.
f Faire le ménage.
g Faire les courses.
h Faire son lit.
i Préparer le petit-déjeuner.
j Promener le chien.
k Ranger sa chambre.
l Sortir la poubelle.
m Passer l'aspirateur.
n Arroser les plantes.

2 Quelles tâches ménagères tu fais ? Compare avec ton/ta camarade.

Stratégie d'écoute

ET VOUS ?

33 417 vues

Théo — Abonnez-vous

Aujourd'hui, je suis avec Max et Lila pour en savoir plus sur les tâches ménagères qu'ils font à la maison.

3 Écoute la partie 1 du micro-trottoir et réponds aux questions.

1 Quelles tâches de l'exercice 1 mentionne Théo ?
2 Quelle est sa tâche ménagère préférée ?

4 Écoute la partie 2 du micro-trottoir. Qui fait quoi ? Complète avec *Max* ou *Lila*.

1 ____ ne passe jamais l'aspirateur.
2 ____ aime promener son chien.
3 ____ fait son lit tous les jours.

5 Écoute à nouveau la partie 2. Puis choisis l'option qui convient.

1 Lila n'aime pas **sortir / promener** la poubelle.
2 Max aime faire **la cuisine / les courses**.
3 Max **met / débarrasse** la table tous les jours.
4 Lila range **sa chambre / le linge**.
5 Les parents de Lila lavent **le linge / le chien**.

Tous les exercices sont à compléter dans ton cahier.

Grammaire

Les verbes irréguliers *sortir* et *partir*

sortir	partir
je sors tu sors il/elle/on sort nous sortons vous sortez ils/elles sortent	je pars tu pars il/elle/on part nous partons vous partez ils/elles partent

6 Remets les lettres dans l'ordre et retrouve les formes verbales.

1 nostpra **2** rotsez **3** ntesotr **4** ross **5** tpra

7 Conjugue les verbes *sortir* et *partir* au présent.

1 Je ___ à Paris avec mon frère.
2 Ils ne ___ pas la poubelle.
3 Tu ne ___ jamais de ta chambre !
4 Vous ___ en voyage, cet été ?
5 On ___ le gâteau du four ?

La fréquence

\- ← jamais — 1 fois par semaine — souvent — tous les jours → +

8 Classe les actions de la plus fréquente à la moins fréquente.

a Ils arrosent les plantes une fois par semaine.
b Elle ne fait jamais le ménage.
c Il fait son lit tous les jours.
d Elles font souvent la vaisselle.

9 Complète ce message avec les étiquettes.

souvent | deux fois par semaine | jamais | tous les jours

Dans cette maison, il faut :
(–) Passer l'aspirateur à minuit : ___ !
(++) Arroser les plantes : ___ !
(+++) Sortir la poubelle : ___ !
(++++) Faire son lit : ___ !

Merci !

10 Complète le post avec les verbes *sortir* et *partir* au présent, et les étiquettes.

jamais | souvent | une fois par semaine | tous les jours

Émilie 12:15

J'habite à Lille dans un appartement avec deux étudiantes. Nous sommes très organisées et tout se passe bien. Hélène fait la cuisine ___ parce qu'elle adore cuisiner. Moi, je préfère faire la vaisselle. Nous ___ la poubelle quand c'est nécessaire. Et nous passons l'aspirateur ___ : le vendredi. Sandra fait ___ les courses parce qu'elle passe devant le supermarché. Mais nous n'arrosons ___ les plantes (il n'y a pas de plantes chez nous ! 🙂) Et le week-end, nous ___ chez nos parents !
Et vous, comment vous vous organisez ?

À TOI !

11 Sur ton cahier, associe quatre tâches à quatre fréquences. Puis trouve dans la classe quelqu'un qui fait cette tâche à cette fréquence.

Faire son lit *Tous les jours* *Prénom :*	*Cuisiner* *Souvent* *Prénom :*
Laver le linge *1 fois par semaine* *Prénom :*	*Mettre la table* *Jamais* *Prénom :*

– Tu fais ton lit tous les jours ?
– Oui !

12 Présente les résultats à la classe.

María fait son lit tous les jours.

Précis de grammaire ⇨ pages 77 à 79

Entraîne-toi ! ⇨ page 83

- Décrire une maison et s'organiser pour répartir les tâches ménagères

Se préparer

1 Regarde la vidéo 1 et choisis les réponses correctes.

1 Que fait Élias ce week-end ?
  a Il va au restaurant pour la fête d'anniversaire de sa grand-mère.
  b Il va chez sa grand-mère pour l'aider à organiser sa fête d'anniversaire.

2 Où habite la grand-mère d'Élias ?
  a dans une maison en banlieue
  b dans un appartement en ville

OUTILS POUR LA VIE

Se mettre d'accord pour répartir les tâches

À ton avis, quelles sont les meilleures phrases pour se mettre d'accord quand il faut se répartir les tâches ?

1 Moi, je veux ranger le salon. Toi, tu laves la cuisine.
2 Il faut ranger le salon et laver la cuisine. Qu'est-ce que tu préfères ?
3 Toi, tu laves la cuisine parce que je déteste faire la vaisselle.
4 Si tu veux, toi, tu laves la cuisine et, moi, je range le salon.

2 Regarde la vidéo 2 et choisis les réponses correctes.

1 Quelle description correspond à la maison de la grand-mère d'Élias ?
  a maison de 3 étages : 1 jardin, 1 salon, 4 chambres, 1 cuisine et 2 salles de bains
  b maison de 2 étages : 1 jardin, 1 salon, 2 chambres, 1 cuisine et 1 salle de bains
  c maison de 2 étages : 1 jardin, 1 salon, 1 salle à manger, 3 chambres, 1 cuisine et 1 salle de bains

2 Quelles sont les tâches ménagères à faire ?
  a Laver la cuisine.
  b Arroser le jardin.
  c Ranger les chambres.
  d Laver la salle de bains.
  e Ranger le salon.
  f Passer l'aspirateur.
  g Mettre la table dans la salle à manger.
  h Faire la cuisine.

3 Comment Élias et Louna se répartissent les tâches ? Fais le classement dans ton cahier.

Tous les exercices sont à compléter dans ton cahier.

S'entraîner

4 **Complète le dialogue à l'aide des phrases a à g.**

Louna : C'est charmant ! C'est grand chez elle ! Il y a beaucoup de pièces ?
Élias : Oui, **(1)**.
Louna : Et en haut ?
Élias : En haut, **(2)**.
Louna : [...] Et qu'est-ce qu'il faut faire ?
Élias : Pour commencer, **(3)**.
Louna : D'accord ! On commence par la cuisine et la salle de bains ?
Élias : OK ! Qu'est-ce que tu préfères ?
Louna : La salle de bains ! **(4)** !
Élias : Bon d'accord, je lave la cuisine ! Après... **(5)**.
Louna : Parfait. Si tu veux, **(6)** !
Élias : Et qui met la table ?
Louna : Nous deux !
Élias : Ça me va !
Louna : Ah ! Mais **(7)** ? Ta grand-mère ?
Élias : Non ! Elle va commander un buffet ! [...]

a il y a trois chambres et la salle de bains.
b Je déteste faire la vaisselle et laver la cuisine
c en face, il y a la salle à manger et, à droite, il y a la cuisine et le jardin.
d Il faut ranger le salon et mettre la table dans la salle à manger.
e il faut faire le ménage
f qui va faire la cuisine
g toi, tu ranges le salon et, moi, je passe l'aspirateur

5 **À deux, lisez et interprétez le dialogue de l'exercice précédent.**

BIEN PRONONCER

a **Écoute. Tu entends le son [ʃ] ou [ʒ] ?**

	1	2	3	4	5	6
[ʃ]						
[ʒ]						

b **Écoute et répète. Fais attention à la prononciation.**

1 Il y a une douche dans le jardin.
2 La salle à manger est charmante.
3 Je range ma chambre.

6 **ON s'parle** **À toi. Regarde la vidéo 3 et suis les instructions.**

Parler

S'organiser pour répartir les tâches ménagères.

1 À deux (A et B). Organisez-vous pour vous répartir les tâches ménagères dans cet appartement.
A pose des questions sur l'appartement et B présente l'appartement.

2 Vous vous mettez d'accord sur les tâches que vous allez réaliser. Aidez-vous de la section **Construire son dialogue.**

CONSTRUIRE SON DIALOGUE

C'est grand/petit... Il y a beaucoup de pièces ?

Il y a... à droite... à gauche... en face... au fond... en haut...

Qu'est-ce qu'il faut faire ? / Il faut faire quoi ?

Pour commencer... Il faut...

D'accord. On commence par...

Qu'est-ce que tu préfères...

Je préfère... Je voudrais... Je veux... Si tu veux... Et toi ?

Parfait ! / D'accord ! / Ça me va... Après, il faut...

Très bien ! Super ! Allez ! C'est parti !

Précis de grammaire ⇨ pages 77 à 79

On s'parle, Kit actif, Unité 4

4.4 Écrire

- Décrire sa pièce de la maison préférée
- Exprimer la comparaison

Quelle est ta pièce de la maison préférée ?

Emma

Ma pièce préférée est le salon. Au milieu de mon salon, il y a un grand canapé et des fauteuils. Près du canapé, il y a une cheminée. En hiver, il fait moins froid que dans ma chambre et je lis souvent à côté du feu. 😊

Adam

Moi, j'adore la cuisine. Il y a une grande fenêtre en face de la table. Elle est plus lumineuse que ma chambre. Elle est aussi plus moderne que le salon. Là-bas, tu n'es jamais seul, c'est le point de rencontre de toute la famille. 😊

Sarah

Pour moi, c'est ma chambre. Elle est au deuxième étage de notre maison. Elle est aussi grande que la chambre de ma sœur mais elle est plus confortable. J'ai un grand lit et mon armoire est immense !

Benjamin

Dans mon appartement, ma pièce préférée est le bureau. Il est loin de la cuisine et il est plus calme que le salon. En plus, il y a l'air conditionné. J'adore cette pièce ! Et là-bas, je lis ou je regarde des séries tous les jours.

Poste ton commentaire

Identifier des informations

1 **Lis les commentaires. Quelles pièces de la maison ne sont pas mentionnées ?**

la cuisine | les toilettes | le bureau | la chambre | la salle à manger | la salle de bains | le salon

2 **Lis à nouveau les commentaires et réponds vrai ou faux. Corrige quand c'est faux.**

1. Il y a une cheminée dans la chambre d'Emma.
2. La cuisine d'Adam est lumineuse et moderne.
3. La chambre de Sarah est au premier étage.
4. Benjamin adore le bureau pour écouter de la musique.

Observer la langue

3 **Observe les mots en jaune dans le document, puis complète la règle avec *plus, aussi, moins*.**

Pour comparer des choses/personnes avec des adjectifs, on utilise le comparatif :
- de supériorité (+) : ___ + adjectif + *que*
- d'égalité (=) : ___ + adjectif + *que*
- d'infériorité (–) : ___ + adjectif + *que*

4 **Complète avec les comparatifs *plus, aussi, moins... que*.**

1. (=) Ma chambre n'est pas ___ grande ___ le bureau.
2. (+) Ranger est ___ facile ___ cuisiner.
3. (–) Son fauteuil est ___ confortable ___ le canapé.

5 **Décris ta pièce de la maison préférée.**

CONSTRUIRE SON TEXTE

1 **Organise tes idées :**
Décris ta pièce de la maison préférée.

Où est-elle ? Quels meubles il y a ?
Quelles sont ses qualités ?

2 **Fais des phrases :**

Partie 1 : Écris une phrase pour présenter ta pièce préférée.

Ma pièce de la maison préférée est...

Partie 2 : Écris deux ou trois phrases pour décrire ta pièce préférée.

Dans ma chambre, il y a... En face de... Il y a...

Partie 3 : Explique pourquoi c'est ta pièce préférée. Utilise le comparatif et aide-toi des adjectifs.

calme | bruyant/e | grand/e | confortable | petit/e | lumineux/euse | moderne | agréable

J'aime... parce qu'il/elle est plus, moins, aussi... que....

3 **Vérifie :**

- ☐ Le lexique des meubles, de l'électroménager et des pièces de la maison
- ☐ Les nombres ordinaux
- ☐ Les prépositions et les adverbes de lieu
- ☐ La fréquence
- ☐ Les comparatifs

Tous les exercices sont à compléter dans ton cahier.

Bilan linguistique

Les pièces de la maison

- le bureau
- la chambre
- la cuisine
- la salle de bains
- le salon

Les meubles et l'électroménager

- le canapé
- la douche
- le four
- le frigo
- le lavabo
- le lit
- la machine à laver
- le salon
- la table
- la table de nuit
- la télé

Les tâches ménagères

- Arroser les plantes.
- Débarrasser la table.
- Faire la cuisine, cuisiner.
- Faire la vaisselle.
- Faire le ménage.
- Faire les courses.
- Faire son lit.
- Laver le linge.
- Mettre la table.
- Passer l'aspirateur.
- Préparer le petit-déjeuner.
- Promener le chien.
- Ranger sa chambre.
- Sortir la poubelle.

Les nombres ordinaux

nombre cardinal + ième		
1er/1re premier/ère	6e sixième	le rez-de-chaussée
2e deuxième, second/e	7e septième	le dernier étage
3e troisième	8e huitième	
4e quatrième	9e neuvième	
5e cinquième	10e dixième	

Les verbes en *-cer* comme *commencer*

commencer	effacer	tracer
je commence	j'efface	je trace
tu commences	tu effaces	tu traces
il/elle/on commence	il/elle/on efface	il/elle/on trace
nous commençons	nous effaçons	nous traçons
vous commencez	vous effacez	vous tracez
ils/elles commencent	ils/elles effacent	ils/elles tracent

Les prépositions et les adverbes de lieu

Les verbes irréguliers *sortir* et *partir*

sortir	partir
je sors	je pars
tu sors	tu pars
il/elle/on sort	il/elle/on part
nous sortons	nous partons
vous sortez	vous partez
ils/elles sortent	ils/elles partent

La fréquence

\- → +

jamais | 1 fois par semaine | souvent | tous les jours

S'organiser pour répartir les tâches ménagères

- C'est grand/petit… Il y a beaucoup de pièces ?
- Qu'est-ce qu'il faut faire ? / Il faut faire quoi ?
- D'accord. On commence par...
- Je préfère… Je voudrais… Je veux… Si tu veux… Et toi ?
- Très bien ! Super ! Allez ! C'est parti !
- Il y a… à droite… à gauche… en face… au fond… en haut…
- Pour commencer… Il faut…
- Qu'est-ce que tu préfères…
- Parfait ! / D'accord ! / Ça me va… Après, il faut…

Annexes cahier d'exercices ⇨ pages 69 à 72

Fais une enquête pour découvrir les habitudes de vie de tes camarades au collège.

Unités 3 et 4 Zooms 360°

1 PENSER ET PARTAGER **Regarde la photo à 360° d'un marché de Cherbourg, en Normandie. À ton avis, qu'est-ce qu'on peut acheter ?**

Découvrir

2 TOUS LES ZOOMS **Découvre l'image et les zooms. Associe les zooms aux descriptions.**

- A (triangle) B (carré) C (étoile) D (hexagone) E (cœur) F (cercle)

1. Elle va au marché et au supermarché.
2. Manger ce fruit est bon pour la santé.
3. La cliente veut préparer une recette à la maison.
4. Les produits bios et locaux sont des produits de saison.
5. Il va au marché une fois par semaine.
6. Les adolescents/es peuvent aller à la ferme pédagogique de Johanna.

3 TOUS LES ZOOMS **Vrai ou faux ? Corrige quand c'est faux.**

1. Pour faire une ratatouille, il faut des tomates, des courgettes, des aubergines et du persil.
2. Manger bio et local est moins bon pour l'économie locale.
3. La femme au vélo a un chien.
4. Vivre à la campagne est plus stressant que vivre en ville.
5. Consommer du melon est bon pour les yeux.
6. Au marché, on achète des fruits et de la viande.

4 TOUS LES ZOOMS **Associe les photos a-f aux phrases 1-6.**

1. Ici, on peut assister aux étapes de la fabrication du Saint-Nectaire.
2. C'est une recette végétarienne facile à préparer.
3. Manger local pollue moins car ça ne nécessite pas trop de transports.
4. Le marché des Halles a lieu deux fois par semaine.
5. Cet aliment est riche en antioxydants, fibres et vitamines.
6. Elle lave le linge et arrose les plantes avant de faire ses courses.

5 PENSER ET PARTAGER **À deux. Est-ce que vous pensez que vous avez un mode de vie sain ? Pourquoi ? Discute avec ton/ta camarade.**

Tous les exercices sont à compléter dans ton cahier.

Situation d'apprentissage

Prépare et fais une enquête.

ÉTAPE 1

Ton collège veut promouvoir un style de vie sain. Il veut connaître les besoins des jeunes et demande donc votre collaboration. Rédige un questionnaire pour découvrir les habitudes de vie des jeunes puis pose les questions de ton enquête à tes camarades.

ÉTAPE 2

À deux. Listez les grandes idées en lien avec les habitudes de vie. Puis faites des cartes mentales avec toutes vos idées. Aidez-vous des exemples.

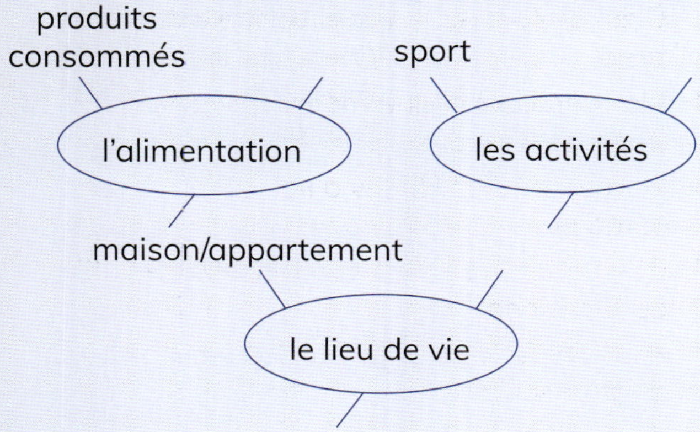

FAITES DES RECHERCHES !

Allez sur Internet et trouvez d'autres informations intéressantes pour compléter votre enquête. Est-ce qu'il y a d'autres habitudes de vie importantes à mentionner ?

ÉTAPE 3

Rédige six à huit questions pour ton enquête : elles doivent être claires et faciles à comprendre. Donne trois réponses possibles à chaque fois.

ÉTAPE 4

Faites vos enquêtes en classe et comparez vos réponses. Est-ce que vous avez un style de vie sain ?

Bilan DELF 2

Compréhension orale

Comprendre une conversation à la radio

1 Vous êtes en France, vous écoutez la radio. Lisez les questions. Écoutez la conversation puis répondez.

1 Selon l'animatrice, le plat préféré des jeunes est…

a

b

c

2 Emma aime les plats avec…

a

b

c

3 Quel légume Emma n'aime pas ?
a les petits pois **b** les courgettes
c les carottes

Compréhension écrite

Comprendre un document informatif

2 Vous êtes au restaurant en France avec une amie et sa famille. Lisez les menus. Associez chaque menu à la personne correspondante.

Menu 1
Pâtes à la tomate et salade verte
Salade de fruits

Menu 2
Soupe de légumes
Cuisse de poulet et purée maison
Tiramisu

Menu 3
Salade de tomates
Poisson et petits pois du jardin
Gâteau au chocolat

Menu 4
Hamburger et frites maison
Glace à la fraise

1 Le père adore les légumes mais il ne mange pas de viande.
2 La mère aime beaucoup les gâteaux mais elle n'aime pas le chocolat.
3 Le frère adore les pommes de terre mais il n'aime pas la purée.
4 Ton amie aime les fruits mais elle ne mange ni viande ni poisson.

Production écrite

Écrire une lettre personnelle

3 Vous êtes en vacances en Belgique chez votre correspondant/e. Vous écrivez à un/e ami/e pour lui raconter comment est la maison. Vous décrivez la maison et vous donnez vos impressions. (60 mots minimum)

Production orale

Échange d'informations

4 Choisissez un sujet et préparez votre présentation personnelle.

Sujet 1 : Logement
Où habites-tu ? Décris ton logement. Quelle pièce préfères-tu ?
Comment est ta chambre ?

Sujet 2 : Plat préféré
Quel est ton plat préféré ?
Quels sont les ingrédients ?
Pourquoi tu aimes ce plat ?
Explique.

5 Il faut sourire !

Objectifs de l'unité
- Parler des règles de vie de la classe et des valeurs
- Exprimer la possibilité, demander et donner la permission
- Écrire un article d'opinion

Vocabulaire Les règles de vie de la classe

Activité de préparation

1 Observe les images et associe-les aux mots de la liste. Puis écoute et vérifie.

a s'entraider
b être à l'heure
c faire ses devoirs
d avoir son matériel
e s'asseoir correctement
f demander la parole
g être poli/e
h être silencieux/euse
i demander la permission
j ranger la classe

2 Associe les phrases aux photos.

a « Bonjour, madame ! »
b « Chut ! On doit se concentrer... »
c « Je ne comprends pas. Vous pouvez répéter ? »
d « Rangez la classe avant de sortir ! Merci ! »
e « C'est huit heures du matin, on commence la classe ! »

3 Dans ton cahier, associe les valeurs aux images de l'exercice 1.

l'amabilité | la convivialité | le respect | le sérieux

4 À deux. Lisez et répondez aux questions.

1 Où et quand est-ce que tu fais tes devoirs ?
2 Est-ce que tu aimes aider tes camarades ?
3 D'habitude, es-tu ponctuel/le ?

5 Regarde la vidéo et réponds aux questions.

Entraîne-toi ! ➪ page 84

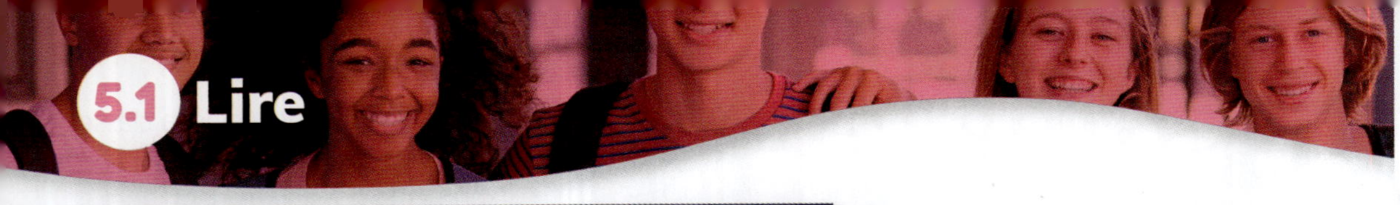

5.1 Lire

- Parler de solutions contre les incivilités
- Exprimer la possibilité et l'obligation

Respectons-nous !

Pour éviter les incivilités, des collèges mettent en place des actions de « bonne conduite ». Et ça fonctionne ! Voici 2 initiatives sélectionnées par ton magazine ado.

1 Un rituel d'accueil

Au collège Saint-Exupéry, les professeurs/es attendent devant la classe et disent « bonjour » aux élèves un/e par un/e. Les professeurs/es de sport utilisent aussi un tableau avec des smileys. Quand l'élève arrive en classe, il/elle doit indiquer son humeur du jour avec un smiley (de vert à rouge). Les professeurs/es peuvent détecter des problèmes et les élèves sont plus compréhensifs/ives et aimables si un/e camarade ne va pas bien.

2 Les débats en classe

Au collège des Seize-Fontaines, pour apprendre à respecter l'opinion et la parole des autres, les professeurs/es organisent des débats filmés. Les élèves doivent incarner un personnage (avocat/e, policier/ère, etc.) et faire des recherches au CDI (statistiques, faits d'actualité, etc.) pour défendre une opinion solide. Après le débat, les élèves sont souvent plus tolérants/es.

https://www.bayard-jeunesse.com (adaptation)

Le sais-tu ?

Le CDI est le centre de documentation et d'information au collège et au lycée. C'est la bilbiothèque.

Stratégie de lecture

1 Écoute et lis les initiatives de cet article. Puis choisis l'option correcte.

1 Au collège Saint-Exupéry, les élèves…
  a indiquent comment ils/elles se sentent.
  b ne saluent pas leur professeur/e.

2 Au collège des Seize-Fontaines, les élèves…
  a apprennent à respecter les opinions.
  b apprennent à faire des recherches.

2 Médiation Lis à nouveau l'article. Trouve les activités proposées par les professeurs/es de chaque collège. Écris un résumé dans ton cahier.

3 Lis encore une fois l'article. Associe les mots en jaune aux définitions.

1 avoir de la considération pour quelqu'un
2 les manques de respect des règles de vie en société
3 tolérant/e, indulgent/e

4 En groupes. Quelle est l'initiative la plus intéressante ? Pourquoi ?

Pour aller plus loin

Tous les exercices sont à compléter dans ton cahier.

Grammaire

Exprimer la possibilité

pouvoir + infinitif	
Je peux	parler en allemand.
Tu peux	préparer un sandwich.
Il/Elle/On peut	acheter du pain.
Nous pouvons	cuisiner demain.
Vous pouvez	rentrer chez vous.
Ils/Elles peuvent	promener leur chien.

5 Complète avec le verbe *pouvoir* à la forme qui convient.

1 Les élèves ___ travailler en groupe.
2 Est-ce que nous ___ utiliser notre téléphone en classe ?
3 Dans mon collège, on ___ faire des jeux en classe.
4 Chez moi, je ___ inviter des amis/es le week-end.
5 Vous ___ utiliser un dictionnaire.
6 Est-ce que tu ___ regarder la télévision le soir ?

Exprimer l'obligation avec *devoir*

devoir + infinitif	
Je dois	ranger ma chambre.
Tu dois	faire tes devoirs.
Il/Elle/On doit	préparer l'examen de demain.
Nous devons	passer l'aspirateur.
Vous devez	préparer le dîner.
Ils/Elles doivent	sortir la poubelle.

6 À deux. Dis une obligation pour chaque lieu.

1 en classe

2 dans le bus

3 à la maison

4 dans un parc

7 Complète la conversation avec les verbes *pouvoir* et *devoir* à la forme qui convient.

Lola

Salut. Ça va ? Moi, je suis un peu malade. Est-ce que tu ___ m'envoyer les devoirs à faire ?

Oh, désolée ! Oui, bien sûr ! Tu ___ faire les exercices de maths de la leçon 2. Si tu as des difficultés, je ___ venir chez toi pour t'expliquer. En histoire, nous ___ préparer un exposé sur la Journée des droits de la femme. Nous ___ faire des recherches sur des femmes importantes.

Merci ! Et c'est un travail individuel ?

Non, on ___ faire des groupes de deux.

Super, est-ce que je ___ faire l'exposé avec toi ?

Oui, génial ! Si tu veux, nous ___ commencer les recherches ce week-end. Enfin, si tu es en forme !

À TOI !

8 À deux. Faites une liste des actions qu'on peut faire au collège contre les incivilités.

Pour éviter les incivilités, on peut… on doit…

9 Médiation Présentez votre liste à la classe. Puis discutez en groupe et choisissez les actions les plus intéressantes pour préparer une affiche.

Pour éviter les incivilités, nous pouvons… nous devons…

Précis de grammaire ⇨ pages 77 à 79

Entraîne-toi ! ⇨ page 84

Vocabulaire — Les valeurs

Activité de préparation

1 Classe les noms et les adjectifs dans ton cahier. Puis écoute et vérifie.

la sincérité | la solidarité | la tolérance | le respect | la gentillesse | l'amabilité | la convivialité | l'égalité

solidaire | tolérant/e | gentil/le | convivial/e | aimable | sincère | égal/e | respectueux/euse

les valeurs	être…

2 Choisis l'option correcte.

1. Je parle correctement aux autres. Je suis **aimable / égal.**
2. Il n'est pas égoïste. Il est **tolérant / solidaire.**
3. Il y a une bonne ambiance dans ce collège. C'est **convivial / gentil.**
4. Elle dit ce qu'elle pense. Elle est **sincère / respectueuse.**
5. Trois est **solidaire / égal** à deux plus un.
6. Un vétérinaire doit être **gentil / convivial** avec les animaux.
7. Je ne suis pas insolent. Je suis **respectueux / sincère.**
8. Tu acceptes des idées différentes. Tu es **aimable / tolérante.**

3 Connais-tu la devise de la République française ? Quelle est la valeur qui manque ?

Liberté, ___ , fraternité.

Stratégie d'écoute

4 Associe les images aux projets solidaires.

1

2

3

a Agir : des rencontres sportives et ludiques

b Coup de main verte

c Noël pour tous

5 Maintenant, écoute les témoignages et choisis l'option correcte.

1. Avec le projet « Noël pour tous »…
   - **a** on peut aller chez des personnes en difficulté.
   - **b** on peut préparer des cadeaux solidaires.
2. Avec le projet « Agir : des rencontres sportives et ludiques »…
   - **a** on ne peut pas faire de sport.
   - **b** on peut apprendre à se respecter.
3. Avec le projet « Coup de main verte »…
   - **a** on peut s'occuper du jardin d'un hôpital.
   - **b** on ne peut pas se promener dans le jardin.

6 Écoute à nouveau les témoignages et complète avec les valeurs que tu entends.

1. Pour moi, la ___ et la ___, c'est très important.
2. Je pense que le sport apprend le ___ et la ___.
3. Ce que j'aime dans ce projet, c'est l'___ et la ___.

Tous les exercices sont à compléter dans ton cahier.

Grammaire

Exprimer l'obligation avec *il faut*

Il faut + infinitif
Il faut préparer des cadeaux. Il faut être patient. Il faut aider les autres.

7 Réponds en utilisant l'expression *Il faut*. Qu'est-ce qu'il faut faire pour…

1 être content/e au collège ?
2 être en forme ?
3 faire du vélo ?
4 avoir des bonnes notes ?
5 préparer un contrôle ?

L'impératif affirmatif et négatif

présent de l'indicatif	impératif	
	affirmatif	négatif
Tu écoutes Tu viens	Écoute ! Viens !	N'écoute pas ! Ne viens pas !
Nous écoutons Nous venons	Écoutons ! Venons !	N'écoutons pas ! Ne venons pas !
Vous écoutez Vous venez	Écoutez ! Venez !	N'écoutez pas ! Ne venez pas !
Attention : ***être*** *: sois, soyons, soyez ;* ***avoir*** *: aie, ayons, ayez*		

8 Réécris les phrases à l'impératif affirmatif ou négatif.

1 Vous devez préparer un cadeau.
2 Tu ne dois pas manger en classe.
3 Nous devons participer.
4 Tu ne dois pas être égoïste.

9 Conjugue les verbes à l'impératif affirmatif (+) ou négatif (-).

1 Arriver (nous) en retard. (-)
2 Faire vos devoirs. (+)
3 Respecter vos camarades. (+)
4 Oublier votre livre. (-)
5 Fermer (tu) la porte. (-)
6 Écouter tes parents. (+)

10 Complète avec les verbes à l'impératif ou à l'infinitif selon le cas.

Comment préparer une boîte solidaire de Noël ?

Commentaire

Maëlys

C'est facile ! Il faut ___ (mettre) un vêtement, un produit d'hygiène, un produit alimentaire, un message et un loisir dans une boîte en carton.

1 ___ (choisir) un vêtement chaud comme un bonnet ou une écharpe.
2 ___ (mettre) du shampooing et aussi quelque chose à manger.
3 ___ (écrire) un message gentil ou ___ (faire) un dessin.
4 ___ (ne pas oublier) de mettre un jeu ou un livre.
5 ___ (décorer) et ___ (fermer) ta boîte.
6 Il faut ___ (indiquer) si c'est pour un homme, une femme ou un enfant.

Ta boîte est prête ? ___ (contacter) la Croix-Rouge pour savoir où donner ta boîte.

À TOI !

11 À deux. Qu'est-ce qu'il faut faire pour être solidaires ? Faites des phrases avec l'expression *il faut* pour répondre.

participer | être | écouter | aider | respecter | donner | prêter | partager

Pour être solidaires : il faut participer à un projet solidaire…

12 Médiation Échangez vos listes. Faites une affiche à partir de la liste de vos camarades. Utilisez l'impératif.

Pour être solidaires : soyons gentils/les…

Précis de grammaire ⇨ pages 77 à 79

Entraîne-toi ! ⇨ page 84

5.3 Parler

• Exprimer la possibilité, demander et donner la permission

Se préparer

1 Regarde la vidéo 1 et choisis les réponses correctes.

1 Quelle journée va avoir lieu samedi ?
   a la journée de la solidarité
   b la journée de la convivialité

2 Au programme de cette journée, il y a…
   a des animations culturelles.
   b des jeux et des sports.

3 Que va faire Louna ?
   a une chasse au trésor
   b un jeu de détectives
   c un escape game

2 Regarde la vidéo 2. Qu'est-ce qui est possible dans un escape game ? Et qu'est-ce qui n'est pas possible ?

1 Rester 60 minutes dans la salle.
2 Consulter son téléphone portable.
3 Sortir avant la fin du jeu.
4 Venir avec des membres de la famille.
5 Être un groupe de plus de cinq personnes.
6 Arriver en retard.

OUTILS POUR LA VIE

Dire *non* à une demande de permission

À ton avis, quelles phrases sont correctes pour dire *non* à une demande de permission ?
1 Non ! Non, non et non !
2 Non, désolé/e, ce n'est pas possible.
3 Non, mais ça ne va pas ?
4 Non, tu ne peux pas.
5 Non, tu n'as pas le droit.

Tous les exercices sont à compléter dans ton cahier.

S'entraîner

3 Complète le dialogue à l'aide des phrases a à f.

Louna : Tu connais l'objectif des escape games ? Il y a des règles à respecter.
Élias : J'imagine... Quelles règles ?
Louna : Pour commencer, il y a une limite de temps. **(1)** les 60 minutes.
Élias : **(2)** ?
Louna : Il y a un chronomètre, mais **(3)** !
Élias : Ah ! Et on peut sortir avant la fin du jeu ?
Louna : **(4)**. Tu dois rester jusqu'à la fin pour aider. Il faut avoir un esprit d'équipe !
Élias : Oui, c'est vrai ! **(5)** ?
Louna : Oui, bonne idée ! Mais attention, le nombre est limité. En général, il ne faut pas être plus de cinq personnes. Alors, ça te dit ?
Élias : Oui !
Louna : Cool ! Ah et sois ponctuel ! **(6)** !
Élias : D'accord !

a C'est impossible d'entrer dans la salle si tu arrives en retard
b On peut regarder l'heure
c On ne peut pas dépasser
d Et est-ce que je peux venir avec ma sœur
e on n'a pas le droit d'utiliser son téléphone
f Non, ce n'est pas possible

4 À deux, lisez et interprétez le dialogue de l'exercice précédent.

5 ON s'parle À toi. Regarde la vidéo 3 et suis les instructions.

BIEN PRONONCER

a Écoute. Tu entends le son [a] **ou** [wa] **?**

b Écoute et répète. Fais attention à la prononciation.

1 On n'a pas le droit de faire ça !
2 Il ne faut pas avoir son téléphone avec soi.
3 Sois ponctuel. On ne doit pas arriver en retard.

Parler

Explique la règle d'un jeu.

1 À deux. Choisissez chacun un jeu de votre choix. Aidez-vous des étiquettes.

un jeu de cartes | un sport | un jeu de société | un jeu de dés

2 Médiation Expliquez la règle et posez-vous des questions sur ce qu'il est possible ou pas possible de faire.

3 Aidez-vous de la section **Construire son dialogue**.

CONSTRUIRE SON DIALOGUE

- Tu connais l'objectif du... ?
- Oui, c'est un jeu...
  Non, je ne connais pas...
- Bon, c'est un jeu simple/difficile...
- Est-ce que je peux... ?
  Est-ce qu'on peut... ?
- On peut... On ne peut pas...
  On doit... Il y a des règles...
- Est-ce que c'est possible... ?
  Est-ce que j'ai le droit de... ?
- Oui, bien sûr... Oui, tu as le droit...
  Non ce n'est pas possible...
  Tu n'as pas le droit...
  Tu dois... Il faut... Mais attention !
  Sois / Soyez...
- D'accord... Merci !

- Écrire un article d'opinion
- Exprimer l'opinion

Journée nationale du sport scolaire

Je m'appelle Éva. Chaque année, au mois de septembre, mon collège participe à la **Journée nationale du sport scolaire.** Pendant cette journée, les élèves, les professeurs/es et les parents peuvent découvrir et pratiquer de nombreux sports collectifs. Il y a aussi des rencontres avec des sportifs/ives professionnels/les. Ils/Elles nous expliquent les valeurs du sport comme le goût de l'effort et le respect des autres. Je trouve ça très important. Cette année, nous allons faire un parcours d'orientation en équipes. Il faut trouver un itinéraire avec une carte et une boussole. Pour moi, c'est une activité très intéressante. Nous faisons du sport dans la nature et nous apprenons à nous entraider. Nous devons aussi respecter des règles de sécurité ! Je pense que, grâce au sport, nous sommes plus tolérants et solidaires. Alors, faisons du sport !

Identifier des informations

1 Lis l'article et réponds aux questions.

1 Sur quel sujet Éva donne son opinion ?
2 Quelles valeurs expliquent les sportifs/ives professionnels/les ?
3 Qu'est-ce ce qu'il faut respecter pendant le parcours d'orientation ?

Observer la langue

2 Complète la règle avec les mots soulignés en jaune dans le texte.

Pour donner son opinion, on utilise :
1 ___ + un verbe
2 ___ + une phrase
3 ___ + un adjectif

3 Complète les phrases avec *je pense que/qu', pour moi, je trouve ça.*

1 ___, les actions solidaires sont importantes.
2 ___ nous devons être plus tolérants.
3 La gentillesse avec les camarades, ___ nécessaire.
4 S'entraider en classe, ___ c'est très utile.

4 Écris un article d'opinion dans le journal de ton collège.

CONSTRUIRE SON TEXTE

1 Organise tes idées :
Choisis un thème ou utilise tes propres idées.

la journée de la gentillesse
la solidarité
l'entraide au collège

2 Fais des phrases :

Partie 1 : Écris une ou deux phrases pour expliquer la situation.
Il y a des inégalités, des incivilités...

Partie 2 : Écris une ou deux phrases pour donner ton opinion.
Je pense que ce n'est pas normal...
Pour moi... Je trouve ça...

Partie 3 : Écris une ou deux phrases pour proposer des solutions.
Nous devons respecter... Il faut être tolérant/e...
Il ne faut pas... Aidons... Organisons...

3 Vérifie :

- ☐ Le lexique des règles de vie et des valeurs
- ☐ Les structures pour exprimer la possibilité
- ☐ Les structures pour exprimer l'obligation
- ☐ L'impératif affirmatif et négatif
- ☐ Exprimer l'opinion

Tous les exercices sont à compléter dans ton cahier.

Bilan linguistique

Les règles de vie de la classe

avoir son matériel
être à l'heure
être poli/e
être silencieux/euse
faire ses devoirs
demander la parole
demander la permission
ranger la classe
s'asseoir correctement
s'entraider

Les valeurs

la convivialité	convivial/e
la gentillesse	gentil/le
la sincérité	sincère
la solidarité	solidaire
la tolérance	tolérant/e
le respect	respectueux/euse
l'amabilité	aimable
l'égalité	égal/e

Exprimer la possibilité

pouvoir + infinitif	
Je peux	parler en allemand.
Tu peux	préparer un sandwich.
Il/Elle/On peut	acheter du pain.
Nous pouvons	cuisiner demain.
Vous pouvez	rentrer chez vous.
Ils/Elles peuvent	promener leur chien.

Exprimer l'obligation avec *devoir*

devoir + infinitif	
Je dois	ranger ma chambre.
Tu dois	faire tes devoirs.
Il/Elle/On doit	préparer l'examen de demain.
Nous devons	passer l'aspirateur.
Vous devez	préparer le dîner.
Ils/Elles doivent	sortir la poubelle.

Exprimer l'obligation avec *il faut*

Il faut + infinitif
Il faut préparer des cadeaux.
Il faut être patient.
Il faut aider les autres.

L'impératif affirmatif et négatif

présent de l'indicatif	impératif	
	affirmatif	négatif
Tu écoutes Tu viens	Écoute ! Viens !	N'écoute pas ! Ne viens pas !
Nous écoutons Nous venons	Écoutons ! Venons !	N'écoutons pas ! Ne venons pas !
Vous écoutez Vous venez	Écoutez ! Venez !	N'écoutez pas ! Ne venez pas !
Attention : ***être*** : *sois, soyons, soyez* ; ***avoir*** : *aie, ayons, ayez*		

Exprimer la possibilité, demander et donner la permission

– Tu connais l'objectif du… ?
– Bon, c'est un jeu simple/difficile…
– On peut… On ne peut pas… On doit… Il y a des règles…
– Oui, bien sûr… Oui, tu as le droit…
Non ce n'est pas possible… Tu n'as pas le droit…
Tu dois… Il faut…
Mais attention ! Sois / Soyez…

– Oui, c'est un jeu…
Non, je ne connais pas…
– Est-ce que je peux / Est-ce qu'on peut… ?
– Est-ce que c'est possible… ? Est-ce que j'ai le droit de… ?
– D'accord… Merci !

Annexes cahier d'exercices ⇨ pages 73 à 76

DOSSIER CULTUREL
Rabat

Connais-tu le Maroc ?

La vieille ville de Rabat

Capitale : Rabat

Habitants à Rabat : 1 655 753

Autres villes importantes au Maroc : Casablanca, Tanger, Marrakech

Langues officielles : arabe et amazighe

Autres langues parlées : français (commerce, politique, diplomatie), arabe dialectal, espagnol et différentes langues berbères

Le Haut Atlas

Trois dates importantes :

- Février : fête des amandiers à Tafraout
- 30 juillet : fête nationale
- Septembre : Festival de jazz de Tanger

Des spécialités gastronomiques :

- Le couscous
- Le tajine

Des paysages naturels :

- Le Haut Atlas, qui culmine à 4 167 m
- Ifrane, la « petite Suisse marocaine »
- Le désert de Merzouga

Le désert de Merzouga

Le tajine

Marrakech, la « ville rouge »

Marrakech est la capitale touristique du Maroc. Elle est divisée en deux parties : la Médina ou ville historique, avec ses 19 km de remparts, et la nouvelle ville, avec des quartiers comme l'Hivernage ou Guéliz.

À l'intérieur de la Médina, on peut visiter des souks, la place de Yamaa El Fna et les jardins de la Ménara. Le quartier de Guéliz est connu pour ses jardins et, en particulier, le jardin Majorelle.

Le jardin Majorelle

Créé en 1929 par Jacques Majorelle, un peintre français installé à Marrakech, c'est un jardin botanique de 10 000 m^2 avec des palmiers, des bambous, des bananiers, des nénuphars... et un jardin de cactus. On y trouve aussi le musée d'ethnologie consacré aux Berbères et la villa Majorelle, une villa bleue inspirée de l'architecte Le Corbusier.

Le sais-tu ?

Beaucoup de films ont été tournés dans les studios de cinéma à Ouarzazate, au sud du Maroc, le Hollywood marocain. C'est le cas d'*Astérix et Obélix : mission Cléopatre*.

À TOI !

1. **Et dans ton pays, quelles sont les villes les plus touristiques ? Pourquoi ?**
2. Médiation **Un/e ami/e français/e veut visiter le Maroc. Tu viens de lire ces informations. Explique-lui quels sont les lieux intéressants à visiter.**

Tous les exercices sont à compléter dans ton cahier.

6 Et maintenant ?

Objectifs de l'unité
- Parler des matières scolaires et des activités pour apprendre
- Partager ses expériences passées
- Écrire une courte biographie

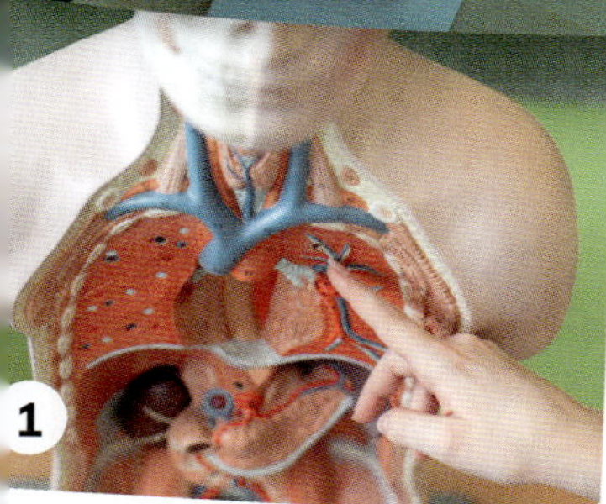
1

2

3

4

5

6

7

8

9

Vocabulaire — Les matières scolaires

Activité de préparation

1 Observe les images et associe-les aux matières. Puis écoute et vérifie.

a les langues vivantes
b le français
c les sciences de la vie et de la Terre (SVT)
d la technologie
e les enseignements artistiques (art plastique et musique)
f la physique-chimie
g l'histoire-géographie et l'enseignement moral et civique
h l'éducation physique et sportive (EPS)
i les mathématiques

2 Associe les descriptions aux images.

a On apprend les événements importants.
b On utilise des calculs, des théorèmes, etc.
c On pratique différents sports.
d On peut fabriquer des choses.
e On fait de la peinture, du dessin, de la musique.
f On étudie le corps humain, le monde végétal et animal.
g On fait des expériences dans un laboratoire.
h On apprend à parler et à écrire dans une autre langue et on découvre une autre culture.
i On apprend la langue française.

3 À deux. Discute avec ton/ta camarade.

1 Quelles sont vos matières préférées ?
2 Quelles matières vous semblent les plus difficiles ? Pourquoi ?

4 À deux. Choisissez trois matières et dites pourquoi elles sont importantes.

Les enseignements artistiques sont importants pour...

5 Regarde la vidéo et réponds aux questions.

Entraîne-toi ! ⇨ page 85

- Parler du système scolaire français
- Utiliser le passé composé avec *avoir*

Ma vie scolaire

Tout commence sur l'île d'Aix, une petite île au large de La Rochelle ! J'ai des bons souvenirs de l'école maternelle et de l'école primaire. Mais, à 11 ans, j'ai dû partir à La Rochelle, une ville sur le continent, pour commencer ma sixième.

En 5ᵉ, j'ai commencé à apprendre l'espagnol. J'ai aussi fait un voyage scolaire à Séville, en Espagne. J'ai adoré ! En plus des matières obligatoires comme les maths ou le français, on peut choisir des matières facultatives. Moi, j'ai choisi le numérique et la technologie. En 3ᵉ, il faut faire un stage d'observation dans une entreprise. J'ai fait mon stage dans une pharmacie. C'est une bonne expérience pour découvrir le monde du travail ! J'ai aussi passé mon diplôme national du brevet. Il y a un examen oral et quatre examens écrits, en français, mathématiques, sciences, histoire-géographie et enseignement moral et civique.

Après la seconde, j'ai décidé de faire un baccalauréat général. En terminale, j'ai préparé le bac. J'ai eu peur quand j'ai passé le Grand oral. J'ai fait une présentation sur l'histoire de la médecine. Le jury composé de deux professeurs m'a posé des questions et j'ai parlé de mon projet professionnel.

Cette année, je commence mes études de biologie à l'université de Bordeaux. Je voudrais être biologiste marin.

Agathe, 18 ans

Le système éducatif en France

Terminale – Baccalauréat	17-18 ans	lycée
1ʳᵉ – première	16-17 ans	
2ᵉ – seconde	15-16 ans	
3ᵉ – troisième	14-15 ans	collège
4ᵉ – quatrième	13-14 ans	
5ᵉ – cinquième	12-13 ans	
6ᵉ – sixième	11-12 ans	

Stratégie de lecture

1 Écoute, lis le témoignage et observe le tableau. C'est vrai ou faux ?

1 Agathe a commencé le collège en 5ᵉ.
2 Elle a commencé à apprendre l'espagnol à l'école primaire.
3 En 5ᵉ, elle a choisi le latin comme matière facultative.
4 Elle a passé le diplôme national du brevet en seconde.
5 Elle a préparé son baccalauréat au lycée.
6 Cette année, elle fait des études d'histoire.

2 Médiation Ton/Ta camarade va habiter en France et il/elle te demande de l'aide pour comprendre le système scolaire français. Aide-toi du texte que tu viens de lire pour lui expliquer comment il fonctionne.

3 Complète les phrases avec les étiquettes.

jury | facultative | diplôme | stage d'observation

1 Au collège, les mathématiques ne sont pas une matière ____.
2 Pour connaître le monde du travail, on fait un ____ en 3ᵉ.
3 En 3ᵉ, Agathe a passé des examens pour obtenir un ____.
4 Pour le Grand oral, elle a parlé devant un ____.

4 À ton avis, quels sont les points communs et les différences entre les systèmes scolaires français et espagnol ?

Pour aller plus loin

Tous les exercices sont à compléter dans ton cahier.

Grammaire

Le participe passé

verbes en *-er*	verbes en *-ir*
parler > parlé	finir > fini
verbes irréguliers	
avoir > eu être > été devoir > dû écrire > écrit faire > fait pouvoir > pu savoir > su	

5 À deux. Cherchez les participes passés de ces verbes dans le texte de la page précédente. Dites s'ils sont réguliers ou irréguliers. Comparez avec vos camarades.

devoir | commencer | adorer | choisir | passer | décider | préparer | avoir | poser | parler

6 Complète les phrases avec les participes passés des verbes.

1 Elle a (avoir) une très bonne note.
2 Timéo et Lucas ont (faire) tous leurs devoirs.
3 Il n'a pas (savoir) répondre à la question.
4 Nous avons (devoir) faire l'exposé ensemble.
5 Tu as (donner) ton avis.

Le passé composé avec l'auxiliaire *avoir*

avoir + participe passé	
affirmatif	**négatif**
J'ai travaillé. Tu as étudié. Il/Elle/On a écrit. Nous avons appris. Vous avez lu. Ils/Elles ont parlé.	Je n'ai pas travaillé. Tu n'as pas étudié. Il/Elle/On n'a pas écrit. Nous n'avons pas appris. Vous n'avez pas lu. Ils/Elles n'ont pas parlé.

7 Conjugue les verbes au passé composé.

1 Au collège, j' (étudier) l'anglais et l'espagnol.
2 Hier, nous (avoir) un contrôle de mathématiques.
3 Elles (devoir) partir avant la fin du cours.
4 Tu (ne pas lire) ce livre ?
5 Est-ce que vous (faire) vos exercices ?
6 Il (ne pas finir) ses devoirs de physique-chimie.

8 Complète le témoignage de Pablo avec les verbes au passé composé.

Échange scolaire

Cette année, ma classe (faire) un échange scolaire avec un collège en France. Pendant 15 jours, nous (étudier) l'histoire-géographie, les maths et les SVT en français. Tous les professeurs (être) très sympas avec nous !

On (pouvoir) parler de la culture espagnole en classe. Nous (pouvoir) apprendre beaucoup de choses dans toutes les matières. Heureusement, nous (ne pas faire) le contrôle de physique-chimie 😉.

Le dernier jour de notre séjour, nos correspondants (préparer) une fête. Nous (écouter) des chansons françaises et espagnoles.

Nous (adorer) cette expérience !

À TOI !

9 Histoire sans fin. En petits groupes, imaginez un parcours scolaire. Un/e camarade commence une phrase au passé composé. Tu répètes sa phrase et tu la complètes. Puis tu imagines une autre phrase. Faites un maximum de phrases pour créer une histoire.

A : À l'école primaire, j'ai étudié…
B : À l'école primaire, j'ai étudié les mathématiques. En sixième, j'ai…

10 Présentez votre histoire à la classe. Vous pouvez voter pour l'histoire la plus drôle, la plus longue…

Précis de grammaire ⇨ pages 77 à 79

Entraîne-toi ! ⇨ page 85

6.2 Vocabulaire et écouter

- Parler de ses activités au collège

Vocabulaire – Les activités pour apprendre

Activité de préparation

1 **Associe les activités pour apprendre aux images 1 à 10. Puis écoute et vérifie.**

poser une question | écouter | lire | créer | passer un examen | écrire | préparer un exposé | étudier | comprendre | participer en classe

1

2

3

4

5

6

7

8

9

10

2 **À ton avis, quelles sont les activités les plus importantes pour bien apprendre une langue ?**

Stratégie d'écoute

3 **Écoute Lina et lis le document. Puis remets les activités dans l'ordre dans ton cahier.**

Lina

Ça se passe bien dans ton nouveau collège ?

Moi, j'ai beaucoup étudié ce week-end, et toi ?

Qu'est-ce que vous avez fait en classe ?

Trop cool !

Sur l'art contemporain ?

	ordre
Lire des lettres.	
Créer un robot.	
Organiser une exposition.	
Écrire des articles.	

4 **Écoute à nouveau Lina et réponds. C'est vrai ou faux ?**

1 Lina ne pose pas de questions en classe.
2 Lina va avoir un contrôle de SVT.
3 Lina a bien compris les correspondants anglais
4 En arts plastiques, ils vont organiser une exposition.
5 Lina a préparé son exposé et va jouer au tennis

5 Médiation **Explique à un/e ami/e francophone ce que Lina a fait en classe.**

Tous les exercices sont à compléter dans ton cahier.

Grammaire

Les expressions de temps

LUN	MAR	MER	JEU	VEN	SAM	DIM
						8
9	10	11	12	13	14	15

dimanche dernier / avant-hier / hier / aujourd'hui

demain / après-demain / samedi prochain

le matin > à midi > l'après-midi > le soir

6 Choisis l'expression qui convient.

1 **Hier / Aujourd'hui / Demain**, j'ai révisé mes leçons.
2 **Hier / Aujourd'hui / Demain**, il ira à la piscine.
3 **La semaine prochaine / Hier / Jeudi dernier**, Léa va passer son examen.
4 **Le matin / Dimanche dernier / Après-demain**, nous avons joué au basket.
5 Elle va en classe **le matin / hier / le soir**.

Exprimer la cause, la conséquence et l'opposition

cause	conséquence	opposition
Tu poses des questions parce que tu ne comprends pas.	Elle veut réussir son contrôle alors elle étudie.	Ils ont créé un robot mais il ne fonctionne pas.

7 Complète les phrases avec *parce que, alors, mais*.

1 J'ai fini mes devoirs ___ je vais au cinéma.
2 Il parle français ___ sa mère est française.
3 Tu aimes l'histoire ___ tu n'aimes pas la géographie.
4 J'ai vu ce film l'année dernière ___ je ne l'ai pas aimé.

8 Fais des phrases avec *parce que, alors, mais*.

1 j'écoute / je ne comprends pas / je pose des questions
2 j'aime le sport / je n'aime pas le golf / je ne fais pas de golf
3 je promène le chien de ma tante / j'aime les animaux / je n'ai pas de chien
4 mon père est anglais / je parle anglais / je ne connais pas l'Angleterre

9 Complète le post à l'aide des étiquettes.

prochain | mais | parce que | dernière | après-demain | alors | après-midi | demain

Mes activités extrascolaires

Cette année, j'adore mes activités extrascolaires ! Aujourd'hui, c'est mercredi et je vais déjeuner chez une amie ___ nous allons ensemble à la piscine. ___, c'est jeudi et j'ai cours de guitare. Il y a un concert samedi ___, je vais participer ! Et ___, c'est vendredi : mon jour préféré. L'année ___, je n'ai pas pu m'inscrire ___ cette année, je joue au basket le vendredi ___. Le lundi et le mardi, je n'ai pas d'activités extrascolaires ___ je promène mon chien. Et vous, vous faites quoi après le collège ? 😊

À TOI !

10 À deux. Demande à ton/ta camarade quand il/elle a fait ces activités pour la dernière fois. Aidez-vous des étiquettes.

écouter de la musique | faire du sport | regarder une série | lire un livre | faire un exposé

l'année dernière | le mois dernier | avant-hier | hier | ce matin | lundi soir | aujourd'hui

11 En groupe classe. Regroupez vos réponses dans un tableau.

hier	
avant-hier	

Précis de grammaire ⇨ pages 77 à 79

Entraîne-toi ! ⇨ page 85

6.3 Parler

Se préparer

1 Regarde la vidéo 1 et choisis les réponses correctes.

1 Que consulte Louna ?
  a le programme des vacances apprenantes
  b un programme de colonies de vacances

2 Quelles vacances intéressent Élias et Louna ?
  a les vacances sportives
  b les vacances artistiques
  c les vacances art et numérique

3 Quand ont lieu ces vacances ?
  a la première semaine de juillet
  b la deuxième semaine de juillet
  c la dernière semaine de juillet

2 Regarde la vidéo 2 et réponds aux questions.

1 C'est vrai ou faux ?
  a Élias a pris des cours de théâtre et de danse.
  b Louna a pris des cours de danse.
  c Élias est intéressé par le cours de stylisme.
  d Louna a adoré son cours de chant.

2 Quelle activité choisit Élias ?
  a les mangas
  b le chant
  c le stylisme

3 Quelle activité choisit Louna ?
  a les mangas
  b le chant
  c le stylisme

OUTILS POUR LA VIE

Bien organiser son temps pendant les vacances

À ton avis, quelles sont les meilleures activités à faire pendant les vacances ?

1 Dormir jusqu'à 13 h.
2 Lire.
3 Faire du sport.
4 Regarder des séries ou des films sur Internet.
5 Chatter avec tes amis.
6 Visiter de nouveaux lieux.
7 Faire des photos.
8 Apprendre de nouvelles choses.
9 Prendre l'air et profiter de la nature.

Si tu as choisi uniquement les options 1, 4 et 5, pense à faire plus de choses pendant ton temps libre. Quelles autres activités t'intéressent ?

Tous les exercices sont à compléter dans ton cahier.

S'entraîner

3 **Complète le dialogue à l'aide des phrases a à f.**

Louna : Tu dois choisir entre théâtre, chant, danse, stylisme et mangas.
Élias : [...] Moi, **(1)** et de la danse cette année.
Louna : Moi aussi, **(2)** de danse hip hop... Et **(3)** à un défilé de mode. [...] Il reste le chant et les mangas...
Élias : Le chant, c'est bien !
Louna : Moi, **(4)** et ça a été une catastrophe ! **(5)** les mangas !
Élias : Alors, **(6)** le cours de chant et, toi, tu choisis le cours de mangas ?
Louna : *Yatta !!!!*

a j'ai pris des cours
b j'ai pris un cours de chant
c j'ai fait du théâtre
d je choisis
e Mais j'aime bien
f j'ai aussi participé

4 **À deux, lisez et interprétez le dialogue de l'exercice précédent.**

5 ON s'parle **À toi. Regarde la vidéo 3 et suis les instructions.**

BIEN PRONONCER

a **Écoute. Quel temps apparaît deux fois dans chaque série ? Le présent ou le passé composé ?**

	1	2	3	4
présent				
passé composé				

b **Écoute et répète. Fais attention à la prononciation.**

1 Hier, j'**ai participé** à un cours de photo. Aujourd'hui, je **participe** à un cours de dessin.
2 Cette année, je **fais** du théâtre. L'année dernière, j'**ai fait** de la danse.
3 Hier, j'**ai choisi** le cours de chant mais, aujourd'hui, je **choisis** le cours de hip-hop.

Parler

Partage tes expériences passées.

1 À deux. Choisissez ensemble un programme de vacances apprenantes.

A Vacances sportives en Bretagne
Pour découvrir la région au travers d'activités nautiques, sportives et de sorties culturelles.
Deux activités au choix par catégorie :
Activités nautiques : kayak, canoë, catamaran, surf, planche à voile
Sports et détente : paddle, cyclisme, randonnées, beach volley, balade en bateau
Sorties culturelles : visite de sites historiques, shopping, musées

B Vacances artistiques sur la côte d'Azur
Pour passer des vacances au bord de la mer et découvrir une discipline artistique pour créer un spectacle.
Au choix une activité artistique et deux activités de sports et détente :
Activités artistiques : théâtre, cinéma, hip hop, chant
Sports et détente : planche à voile, beach volley, balade en bateau, ski nautique

2 Préparez vos vacances : dites les activités que vous avez faites pendant l'année, celles que vous n'avez pas faites, et choisissez les activités que vous allez faire. Aidez-vous de la section **Construire son dialogue.**

CONSTRUIRE SON DIALOGUE

Tu dois choisir entre... et...
Tu préfères quoi, toi ? Moi, j'ai fait...
Moi aussi, j'ai... cette année. J'ai aussi participé...
Moi, j'ai pris... / Je n'ai pas...
Je choisis... Moi, j'ai décidé... Et toi ?
Moi, j'ai choisi...
Super !

Précis de grammaire ⇨ pages 77 à 79

- Écrire une courte biographie
- Situer dans le temps

Guillaume Diop
Danseur à l'Opéra national de Paris

Prix de danse 2021

Guillaume Diop a 21 ans. Sa mère est française et son père est sénégalais. Il est danseur à l'Opéra national de Paris.

À 4 ans, il a demandé à ses parents de faire de la danse contemporaine. De 8 à 10 ans, il a appris à danser au conservatoire de danse classique. Après, il a commencé le sport-études du Conservatoire à Paris.

En CM2, un professeur a proposé au jeune danseur de passer une audition pour entrer à l'école de danse de l'Opéra de Paris. Il a réussi son audition alors il a suivi sa scolarité dans cette école avec les cours le matin et la danse l'après-midi.

À 18 ans, il a intégré l'Opéra de Paris. Avant, il a fait un stage de danse à New York dans une compagnie composée de danseurs de couleur.

Maintenant, il a pour objectif de montrer qu'on peut être noir et danseur de ballet classique.

https://dansercanalhistorique.fr (adaptation)

Identifier des informations

1 Lis la biographie de Guillaume Diop et réponds aux questions.

1. Quelle est sa profession ?
2. À quel âge il a commencé la danse classique ?
3. Qu'est-ce qu'il a fait pour entrer à l'Opéra de Paris ?
4. Qu'est-ce qu'il a fait à New York ?

Observer la langue

2 Observe les mots surlignés en jaune dans le texte. Copie et complète avec les adverbes de temps *avant*, *maintenant*, *après*.

On utilise ____ pour parler d'un moment antérieur, ____ pour un moment postérieur et ____ pour un moment présent.

3 Complète les phrases avec *avant*, *maintenant*, *après*.

1. Hier, elle a eu un contrôle de SVT. ____, elle a étudié.
2. J'ai lu un livre en classe. ____, j'ai fait un exposé.
3. L'année dernière, il a passé son bac. ____, il est à l'université.
4. Je termine mes cours à 16 h et, ____, je vais faire du sport.

4 Écris une courte biographie d'une personnalité pour le journal de ton collège.

CONSTRUIRE SON TEXTE

1 Organise tes idées :
Choisis une personnalité. Puis cherche des informations sur Internet et prends des notes.

- informations personnelles : nom, âge, profession…
- son parcours scolaire, professionnel : études, etc.
- ses réussites

2 Fais des phrases :

Partie 1 : Écris une ou deux phrases pour présenter la personnalité choisie.
Il/Elle s'appelle… Il/Elle a… Il/Elle est…

Partie 2 : Écris deux ou trois phrases pour expliquer son parcours.
Il/Elle a étudié… À 14 ans, … il/elle a commencé…
Avant, il/elle a… parce que… Après, il/elle a…. mais…

Partie 3 : Écris une ou deux phrases pour parler de ses réussites.
Il/Elle a gagné / écrit… Maintenant, il/elle…

3 Vérifie :

- ☐ Le lexique des matières et des activités scolaires
- ☐ Le passé composé avec avoir
- ☐ Les expressions de temps
- ☐ L'expression de la cause, la conséquence et l'opposition
- ☐ Les adverbes de temps : *avant, maintenant, après*

Tous les exercices sont à compléter dans ton cahier.

Bilan linguistique

Les matières scolaires

les langues vivantes
le français
les sciences de la vie et de la Terre (SVT)
la technologie
les enseignements artistiques (art plastique et musique)
la physique-chimie
l'histoire-géographie et l'enseignement moral et civique
l'éducation physique et sportive (EPS)
les mathématiques

Le système éducatif

Le collège :
6e – sixième
5e – cinquième
4e – quatrième
3e – troisième
Le lycée :
2e – seconde
1re – première
terminale – baccalauréat

Les activités pour apprendre

comprendre
créer
écouter
écrire
étudier
lire
participer en classe
passer un contrôle
passer un examen
poser une question
préparer un exposé

Le participe passé

verbes en *-er*	verbes en *-ir*
parler > parlé	finir > fini

verbes irréguliers
avoir > eu
être > été
devoir > dû
écrire > écrit
faire > fait
pouvoir > pu
savoir > su

Le passé composé avec l'auxiliaire *avoir*

avoir + participe passé

affirmatif	négatif
J'ai travaillé.	Je n'ai pas travaillé.
Tu as étudié.	Tu n'as pas étudié.
Il/Elle/On a écrit.	Il/Elle/On n'a pas écrit.
Nous avons appris.	Nous n'avons pas appris.
Vous avez lu.	Vous n'avez pas lu.
Ils/Elles ont parlé.	Ils/Elles n'ont pas parlé.

Les expressions de temps

LUN	MAR	MER	JEU	VEN	SAM	DIM
						8
9	10	11	12	13	14	15

dimanche dernier / avant-hier / hier / aujourd'hui
demain / après-demain / samedi prochain
le matin > à midi > l'après-midi > le soir

Exprimer la cause, la conséquence et l'opposition

cause	conséquence	opposition
Tu poses des questions parce que tu ne comprends pas.	Elle veut réussir son contrôle alors elle étudie.	Ils ont créé un robot mais il ne fonctionne pas.

Partager ses expériences passées

– Tu dois choisir entre… et…

– Moi aussi, j'ai… cette année.
J'ai aussi participé…
– Je choisis…
Moi, j'ai décidé… Et toi ?
– Super !

– Tu préfères quoi, toi ?
Moi, j'ai fait…
– Moi, j'ai pris… / Je n'ai pas…

– Moi, j'ai choisi…

Annexes cahier d'exercices ⇨ pages 77 à 80

3 Projet à 360°

Crée une affiche pour organiser un événement culturel dans ta ville ou ton village.

Unités 5 et 6 Zooms 360°

1 PENSER ET PARTAGER Regarde la photo à 360° du musée d'Art moderne et contemporain de Strasbourg (MAMCS). À ton avis, qu'est-ce qui se passe dans cette salle ?

Découvrir

2 TOUS LES ZOOMS Associe les éléments dans ton cahier.

1 A. R. Penk a été…
2 Les élèves…
3 Anaïs a fait…
4 Sophie Taeuber-Arp et son mari…
5 Au musée, on ne peut pas…
6 Les participants aux ateliers…

a prendre de photos.
b une exposition de photos sur le thème de la ville.
c inventent et dessinent des formes et des symboles.
d apprennent à observer et décrypter des peintures.
e professeur à l'école des Beaux-Arts.
f ont donné des tableaux au musée.

3 Réponds aux questions.

1 Pour qui le musée organise-t-il des ateliers ?
2 Comment sont les activités ? Les participants doivent-ils être créatifs ?
3 Quel est l'objectif des activités ?
4 Pourquoi ces ateliers sont-ils importants ?

4 TOUS LES ZOOMS Complète le texte dans ton cahier avec les étiquettes.

thématique | lieu | activités | événement | participation

Un ____ culturel est une rencontre entre le public et la création artistique. On peut faire une exposition, un festival, un concert, etc. Pour organiser cet événement, il faut choisir une ____ et penser à un ____ adéquat. La ____ du public est très importante. Alors il est possible d'organiser des ____ de découverte ou créatives.

5 Réponds aux questions.

1 Qui est A.R. Penk ?
2 Qu'est-ce qu'il a peint ?
3 Qu'est-ce qu'on peut voir dans ses œuvres ?
4 Quels métiers il a exercés ?
5 Où est-ce qu'on peut admirer son exposition ?

6 PENSER ET PARTAGER À deux. As-tu déjà participé à un événement culturel ? Raconte ton expérience.

Tous les exercices sont à compléter dans ton cahier.

Situation d'apprentissage

Prépare une affiche.

ÉTAPE 1

Ton collège organise une semaine culturelle. On te demande de participer à son organisation et de présenter un/e artiste de ta région. Choisis l'artiste et crée une affiche pour présenter cet événement culturel.

ÉTAPE 2

À deux. Choisissez chacun/e l'événement que vous aimeriez présenter. Pensez à donner les informations suivantes :

- le type d'événement : la projection d'un court-métrage, une exposition, la présentation d'un livre, un concert, un spectacle de danse, une table ronde...
- le lieu : au collège, à la mairie, au musée, au cinéma, dans la rue...
- les activités
- la date et l'heure

FAITES DES RECHERCHES !

Allez sur Internet et trouvez des informations importantes à mentionner.
Vous pouvez aussi chercher des images pour illustrer votre affiche.

ÉTAPE 3

Pense à structurer les informations que tu veux faire figurer sur ton affiche. Pense aussi :

- [ ] à trouver un titre pour ton événement.
- [ ] à présenter brièvement l'artiste.
- [ ] à donner toutes les informations pratiques.
- [ ] au support de ton affiche : un collage, un dessin, une réalisation sur support numérique...
- [ ] à organiser les éléments de manière logique.

ÉTAPE 4

Présente ton affiche à la classe et observe celles de tes camarades.

- Est-ce que quelqu'un d'autre a choisi le même artiste que toi ?
- À quels événements de tes camarades aimerais-tu assister ? Pourquoi ?

Bilan DELF 3

Compréhension orale

Comprendre des conversations

1 Vous êtes en France, vous entendez ces conversations. Écoutez puis associez chaque dialogue à la situation qui correspond.

Dialogues	Situations
dialogue **1**	**a** Donner un ordre.
dialogue **2**	**b** Proposer de l'aide.
dialogue **3**	**c** Refuser une proposition.
dialogue **4**	**d** Demander une information.

Compréhension écrite

Comprendre des instructions

2 Vous êtes en France. Vous lisez cette annonce au collège. Lisez le document puis répondez aux questions.

Atelier théâtre
Tous les mercredis de 17 h à 18 h 30
Salle B01

Le collège propose un atelier théâtre pour les classes de sixième et de cinquième. Si vous êtes intéressé/e, vous devez demander la fiche d'inscription à votre professeur/e de français.

Attention, le nombre de places est limité à 15 élèves !

Il faut s'inscrire avant le jeudi 15 janvier. Si vous avez des questions sur les activités de l'atelier, vous pouvez venir à une réunion d'information à la médiathèque le lundi 3 janvier à 13 h.

Venez nombreux !

1 Quand le collège propose-t-il un atelier théâtre ?
a le lundi **b** le jeudi **c** le mercredi

2 Pour obtenir la fiche d'inscription, vous devez…
a contacter le proviseur.
b aller voir votre professeur/e de français.
c demander au secrétariat.

3 Il peut y avoir 20 élèves inscrits.
a vrai **b** faux

4 Qu'est-ce qu'on peut faire pour avoir plus d'informations ?
a assister à une réunion
b contacter le/la professeur/e de français
c téléphoner

Production écrite

Répondre à une invitation

3 Vous recevez ce courriel de votre amie Caroline. Vous lui répondez. Vous ne pouvez pas accepter son invitation. Vous vous excusez et vous expliquez pourquoi vous ne pouvez pas venir. Vous lui proposez une autre sortie. (60 mots minimum)

Salut,

Comment ça va ? Tu veux venir demain soir à un spectacle de danse au théâtre Molière ?

Réponds-moi vite !

Caroline

Production orale

Échange d'informations

4 Choisissez un sujet et préparez le dialogue avec un/e camarade.

Sujet 1
Ton/Ta ami/e est malade et il/elle ne peut pas aller au collège. Tu lui téléphones pour lui expliquer les devoirs à faire.

Sujet 2
Tu es chez ton/ta correspondant/e en France. Tu lui parles de tes études dans ton pays et tu lui poses des questions sur l'organisation du collège en France (matières, horaires…).

Les articles indéfinis et définis

	indéfinis		définis	
	singulier	pluriel	singulier	pluriel
masculin	un oiseau	des oiseaux des chiennes	le chat l'oiseau	les chats les oiseaux les tortues
féminin	une chienne		la tortue	

Tanaï a un chat, une tortue, des animaux.
Tanaï n'a pas de chat, de tortues, d'animaux.

Les articles partitifs

	masculin	féminin	devant une voyelle ou *h*
singulier	du sucre du beurre	de la farine de la viande	de l'eau de l'huile
pluriel	des moules des légumes		

Le genre des adjectifs qualificatifs

il est	elle est
grand ≠ petit mince ≠ gros brun, blond, châtain, roux	grande ≠ petite mince ≠ grosse brune, blonde, châtain, rousse
fort, sportif	forte, sportive
gentil ≠ méchant drôle, sympa, timide, rigolo	gentille ≠ méchante drôle, sympa, timide, rigolote
beau ≠ laid vieux ≠ jeune	belle ≠ laide vieille ≠ jeune

Le nombre des adjectifs qualificatifs

ils sont	elles sont
grands ≠ petits minces ≠ gros bruns, blonds, châtains, roux	grandes ≠ petites minces ≠ grosses brunes, blondes, châtains, rousses
forts, sportifs	fortes, sportives
gentils ≠ méchants drôles, sympas, timides, rigolos	gentilles ≠ méchantes drôles, sympas, timides, rigolotes
beaux ≠ laid vieux ≠ jeune	belles ≠ laides vieilles ≠ jeune

Le genre et le nombre des adjectifs

Il/Elle est…	Ils/Elles sont…
sociable désordonné/e bavard/e gentil/le fier/ère actif/ive joyeux/euse nouveau/elle	sociables désordonnés/es bavards/es gentils/les fiers/ères actifs/ives joyeux/euses nouveaux/elles

Les adjectifs démonstratifs

	masculin	féminin
singulier	ce vent cet été / cet hiver	cette saison
pluriel	ces températures	

Les adjectifs possessifs

	un possesseur			plusieurs possesseurs	
	mas. sing.	fém. sing.	pluriel	singulier	pluriel
1re pers.	mon	ma	mes	notre	nos
2e pers.	ton	ta	tes	votre	vos
3e pers.	son	sa	ses	leur	leurs

Les pronoms personnels sujets

singulier		pluriel	
1re personne 2e personne 3e personne	je / j' tu il /elle	1re personne 2e personne 3e personne	nous vous ils / elles

Les pronoms toniques

Pronoms toniques	Pronoms sujets	verbe + complément
Moi,	je/j'	adore regarder des séries.
Toi,	tu	aimes faire du sport.
Lui,	il	préfère lire.
Elle,	elle	aime jouer au foot.
Nous,	nous	adorons danser.
Vous,	vous	aimez faire du théâtre.
Eux,	ils	détestent regarder des séries.
Elles,	elles	aiment surfer sur Internet.

Je n'aime pas danser. Et toi ?
Je fais du roller avec eux. J'aime lire chez moi.

Précis de grammaire

Les nombres ordinaux

nombre cardinal + ième	
1er/1re premier/ère	6e sixième
2e deuxième, second/e	7e septième
3e troisième	8e huitième
4e quatrième	9e neuvième
5e cinquième	10e dixième

Les verbes en *-er*

aimer	détester
j'aime	je déteste
tu aimes	tu détestes
il/elle/on aime	il/elle/on déteste
nous aimons	nous détestons
vous aimez	vous détestez
ils/elles aiment	ils/elles détestent

Les verbes comme *préférer* et *se lever*

préférer	se lever
je préfère	je me lève
tu préfères	tu te lèves
il/elle/on préfère	il/elle/on se lève
nous préférons	nous nous levons
vous préférez	vous vous levez
ils/elles préfèrent	ils/elles se lèvent

Les verbes en *-er* comme *acheter* et *manger*

acheter	manger
j'achète	je mange
tu achètes	tu manges
il/elle/on achète	il/elle/on mange
nous achetons	nous mangeons
vous achetez	vous mangez
ils/elles achètent	ils/elles mangent

Les verbes en *-cer* comme *commencer*

commencer	effacer	tracer
je commence	j'efface	je trace
tu commences	tu effaces	tu traces
il/elle/on commence	il/elle/on efface	il/elle/on trace
nous commençons	nous effaçons	nous traçons
vous commencez	vous effacez	vous tracez
ils/elles commencent	ils/elles effacent	ils/elles tracent

Les verbes irréguliers : *connaître* et *savoir*

connaître	savoir
je connais	je sais
tu connais	tu sais
il/elle/on connaît	il/elle/on sait
nous connaissons	nous savons
vous connaissez	vous savez
ils/elles connaissent	ils/elles savent

Les verbes comme *devoir* et *pouvoir*

je dois	je peux
tu dois	tu peux
il/elle/on doit	il/elle/on peut
nous devons	nous pouvons
vous devez	vous pouvez
ils/elles doivent	ils/elles peuvent

Le verbe *boire*

je bois
tu bois
il/elle/on boit
nous buvons
vous buvez
ils/elles boivent

Les verbes en *-ir* comme *finir* et *choisir*

finir	choisir
je finis	je choisis
tu finis	tu choisis
il/elle/on finit	il/elle/on choisit
nous finissons	nous choisissons
vous finissez	vous choisissez
ils/elles finissent	ils/elles choisissent
grandir, grossir, maigrir, rougir…	

Les verbes irréguliers *sortir* et *partir*

sortir	partir
je sors	je pars
tu sors	tu pars
il/elle/on sort	il/elle/on part
nous sortons	nous partons
vous sortez	vous partez
ils/elles sortent	ils/elles partent

Les verbes impersonnels et la météo

Il fait beau. Il y a du soleil.	Il y a du vent.
Il fait mauvais.	Il neige. Il y a de la neige.
Il pleut. Il y a de la pluie.	Il y a du brouillard.
Il y a des nuages.	Il y a de l'orage.
Il fait chaud. Il fait 30 degrés.	Il fait froid. Il fait 0 degré.

Le passé composé avec l'auxiliaire *avoir*

J'ai visité. Tu as acheté. Il/Elle/On a loué.	Nous avons parlé. Vous avez fini. Ils/Elles Ont mangé.

Le passé composé avec l'auxiliaire *avoir*

	affirmatif	négatif
	sujet + *avoir* au présent + participe passé	sujet + ne + *avoir* au présent + pas + participe passé
savoir	J'ai su.	Je n'ai pas su.
parler	Tu as parlé.	Tu n'as pas parlé.
travailler	Il/Elle/On a travaillé.	Il/Elle/On n'a pas travaillé.
étudier	Nous avons étudié.	Nous n'avons pas étudié.
gagner	Vous avez gagné.	Vous n'avez pas gagné.
écrire	Ils/Elles ont écrit.	Ils/Elles n'ont pas écrit.

La formation du participe passé

verbes en er → -é verbes en ir → -i	J'ai acheté des cadeaux. Tu as choisi quel camping ?
verbes irréguliers	
être, avoir	été, eu
faire	fait
prendre, apprendre, mettre	pris, appris, mis
écrire, dire,	écrit, dit
pouvoir, devoir, savoir, vouloir,	pu, dû, su, voulu,
voir, falloir	vu, fallu
offrir, ouvrir, découvrir	offert, ouvert, découvert

La négation : *ne... pas, ne... rien, ni... ni...*

ne/n'… pas	Elle n'aime pas danser.
ne/n'… jamais	Je ne suis jamais triste.
ne/n'… rien	Il ne dit rien.
ne/n'… ni… ni…	Il n'aime ni la pizza ni les hamburgers.

La quantité

Il n'y a pas de jupes.
Il y a un tee-shirt.
Il y a une chemise.
Il y a des pulls.
Il y a beaucoup de pantalons.

trop de/d'	Il y a trop de beurre.
assez de/d'	Nous avons assez d'œufs.
un peu de/d'	Je bois un peu de thé.
pas assez de/d'	Il ne boit pas assez d'eau.

Les prépositions et les adverbes de lieu

La fréquence

- ————————————→ +

jamais | 1 fois par semaine | souvent | tous les jours

L'obligation

impératif affirmatif	
Il faut	+ infinitif
verbe devoir conjugué	

Évitons le gaspillage alimentaire.
Il faut recycler le plastique.
Nous devons protéger la nature.

L'impératif

présent	impératif
tu traverses nous traversons vous traversez	traverse, prends, va, viens… traversons, prenons, allons, venons… traversez, prenez, allez, venez…
impératif négatif	ne traverse pas, n'allons pas…

Entraîne-toi ! Unité 1

Les pronoms toniques

1 Associe les sujets aux pronoms toniques.

Mes amies ⇨ *Elles*

1	ton frère et toi	a	elles
2	ma sœur et moi	b	eux
3	un ami et son frère	c	lui
4	mon meilleur ami	d	nous
5	Chloé et Julia	e	vous

2 Complète les phrases avec le pronom tonique qui convient.

C'est pour *moi* ce cadeau ? Oh merci !

1 C'est l'anniversaire de Thibaud, il nous invite chez ___.

2 ___, je suis française et Chiara, ___, est italienne.

3 C'est ___, Matéo ? Tu es dans ma classe, non ?

4 ___, elles font des travaux manuels et ___, ils dessinent.

Les verbes comme *préférer* et *se lever*

3 Conjugue les verbes au présent.

– Qu'est-ce que vous *préférez* faire le week-end ?

– Moi, je (préférer) dormir. Je fais la grasse matinée et je (se lever) tard. Et vous ?

– Nous, nous (préférer) profiter de la journée donc nous (se lever) tôt. En plus, nos parents (préférer) aussi. Alors on ne (se lever) pas très tard pour faire du sport en famille ou aller à la montagne avec des amis.

Le genre et le nombre des adjectifs

4 Mets les phrases au féminin dans ton cahier. N'oublie pas de changer les noms et les sujets.

Ce gâteau est très bon. ⇨ *Cette tarte est très bonne.*

1 Mon frère est très amusant.

2 Ton ami est vraiment très agréable.

3 Ils sont heureux de sortir avec des amis.

4 Son père est toujours très ordonné et organisé.

5 Ce chien est très beau et très doux.

5 Choisis l'adjectif qui convient. Attention au sujet !

Ma **nouveau** / ***nouvelle*** amie est super sympa.

1 Les enfants sont toujours très **heureux** / **heureuses** dans cette maison.

2 Je préfère ces gâteaux, ils sont très **bons** / **bonnes**.

3 J'adore ton pull, il est très **beau** / **belle**.

4 Leurs voisins sont très **agréable** / **agréables**.

5 Cette peluche est sa **préféré** / **préférée**, elle est très **doux** / **douce**.

La négation : *ne… pas, ne… rien, ni… ni*

6 Mets les mots dans l'ordre pour former des phrases.

Vous / pas / la / avec / nous ? / allez / n' / à / montagne

⇨ *Vous n'allez pas à la montagne avec nous ?*

1 n' / Nous / ni / aimons / le / handball. / natation / la / ni

2 Je / fais / les / vacances. / pour / rien / ne

3 n' / pas / les / Il / aime / sciences.

4 comprends / rien / émission. / ne / Je / à / cette

5 n' / content / ni / Il / triste. / est / ni

7 Transforme les phrases à la forme négative.

Nous aimons cette série.

⇨ *Nous n'aimons pas cette série.*

1 Ma mère boit du thé et du café.

2 Louna raconte tout à ses amies.

3 Dani a toujours beaucoup de devoirs à faire.

4 Tu prépares tout pour la fête de demain ?

5 Vous aimez le théâtre et le cinéma.

Les adverbes d'intensité : *très, trop*

8 Choisis la forme correcte.

Je n'aime pas **très** / ***trop*** le sport.

1 Ce prof nous donne **très** / **trop** de devoirs.

2 Je trouve que tu surfes **très** / **trop** souvent sur Internet !

3 Ils ne vont pas **très** / **trop** souvent au cinéma, ils préfèrent regarder des séries.

4 Chut ! Il y a vraiment **très** / **trop** de bruit à la bibliothèque !

5 Sans ses lunettes, elle ne voit pas **très** / **trop** bien ce que la professeure écrit au tableau.

Bilan ⇨ pages 77 à 79

Entraîne-toi ! ⇨ Cahier pages 57 à 60

Les adjectifs démonstratifs

1 Choisis la forme qui convient.

Tu aimes *ce* / cet / cette pantalon ?

1 **Ce / Cet / Cette** jupe est magnifique !
2 Il fait très froid **ce / cet / cette** hiver !
3 **Ce / Ces / Cet** rayon de soleil nous réchauffe.
4 **Ce / Ces / Cet** nuages annoncent de la pluie !
5 **Ce / Cet / Cette** orage est vite passé !

2 Complète avec l'adjectif démonstratif qui convient.

ce   cette   cet   ces

cet objet

1 ____ matin
2 ____ journée
3 ____ matières
4 ____ personnes
5 ____ ami
6 ____ crêpes

Les verbes impersonnels et la météo

3 Complète les phrases avec les mots donnés.

Il neige   Il fait beau   Il y a de l'orage
Il pleut   Il y a du soleil et des nuages
Il y a du brouillard   froid   chaud

1 ____ à Londres.
2 ____ à Rome.
3 ____ à Athènes.
4 Il fait beau et ____ à Séville.
5 ____ et il fait ____ à Oslo.
6 ____ à Sofia.
7 ____ à Amsterdam.

Les verbes irréguliers : *connaître* et *savoir*

4 Remets les lettres dans l'ordre pour retrouver le verbe et son sujet.

li tcnoîna ⇨ *il connaît*

1 nosu osnsasincno
2 ut aiss
3 ousv avesz
4 ej sacoinn
5 sllee ntasve
6 ousn osnavs

5 Conjugue *connaître* et *savoir* au présent.

Tu *sais* conjuguer le verbe « savoir » ?

1 Elles (connaître) très bien le pays.
2 Vous (savoir) à quelle heure commence le film ?
3 Nous (connaître) très bien ces montagnes.
4 Ils (savoir) faire du ski.
5 Nice ? Je ne (connaître) pas cette ville.

Les adjectifs possessifs

6 C'est à Alexia ou à Alexia et son frère ? Complète le tableau dans ton cahier.

1 C'est leur maison.
2 Ce sont leurs amis.
3 C'est son sac-à-dos.
4 C'est son livre.
5 Ce sont ses rollers.
6 C'est leur ordinateur.

C'est à Alexia.	C'est à Alexia et son frère.
	1

7 Transforme les phrases comme dans l'exemple. Commence par c'est ou ce sont.

J'ai un vélo. ⇨ *C'est mon vélo.*

1 Tu as deux sœurs.
2 Nous avons un chien.
3 Ils ont une console de jeux.
4 Elles ont deux ordinateurs.
5 Vous avez un téléphone.

Les adjectifs interrogatifs : *quel, quelle, quels, quelles*

8 Complète les questions avec l'adjectif interrogatif qui convient.

Dans *quelles* villes il neige ?

1 À ____ heure est le bulletin météo ?
2 ____ temps il fait à Lyon ?
3 ____ sont les températures pour aujourd'hui ?
4 ____ pays d'Europe tu as visités ?
5 ____ saison tu préfères ?

Bilan ⇨ pages 77 à 79   Entraîne-toi ! ⇨ Cahier pages 61 à 64

Entraîne-toi !
Unité 3

Les articles partitifs

1 Choisis l'article partitif qui convient.

Tu manges **du / de l' / de la /** *des* céréales le matin ?

1 Pour faire **du / de l' / de la / des** crêpes, il faut **du / de l' / de la / des** farine, **du / de l' / de la / des** œufs et **du / de l' / de la / des** lait.

2 J'achète **du / de l' / de la / des** pain pour ce soir ?

3 Nous buvons **du / de l' / de la / des** café pour nous réveiller.

4 Vous mettez **du / de l' / de la / des** huile d'olive dans la salade ?

5 On mange **du / de l' / de la / des** pâtes ce midi ! J'adore ça !

2 Retrouve le nom des aliments et écris l'article partitif qui convient.

___ NOSPOIS ⇨ *du poisson*

1 ___ TLAOOCHC
2 ___ EDLAAS
3 ___ UHIEL
4 ___ MIDLNAOE
5 ___ TTGREOSUCE
6 ___ ÉCFA

Les verbes en *-er* comme *acheter* et *manger*

3 Dans ton cahier, associe les sujets aux verbes. Plusieurs combinaisons sont possibles.

je corrige, je partage…

1 je/j'	a achetez	f partage
2 tu	b mangeons	g achète
3 il/elle/on	c achètes	h nagent
4 nous	d corrige	i achetons
5 vous	e changes	j changez
6 ils/elles		

Les verbes en *-ir* comme *finir* et *choisir*

4 Complète avec les terminaisons des verbes *finir* ou *choisir* à la forme qui convient.

Vous fini*ssez* votre assiette ?

1 Tu chois___ quoi comme menu ?
2 Léa et Léo chois___ toujours la même chose.
3 Mario et moi fini___ tous les jours à 17 h.
4 Louise chois___ la glace au chocolat, et toi ?
5 Je fini___ cet exercice et je vais manger.

Le verbe *boire*

5 Associe le sujet avec les différentes parties du verbe *boire*, puis écris le verbe dans ton cahier.

1-b-4 ⇨ nous buvons

1 nous 2 je/tu 3 ils/elles 4 vous 5 il/elle/on	a boi- b buv- c boiv-	1 -s 2 -ez 3 -t 4 -ons 5 -ent

La quantité

6 Associe les phrases aux dessins dans ton cahier

1 2 3

a Il y a trop de riz.
b Il y a un peu de riz.
c Il y a assez de riz.

Les quantités précises

7 Complète la liste de courses avec les mots donnés. Tu peux les utiliser plusieurs fois.

litre de kilo d'
grammes kilos litres

– 1 litre *de* lait
– 100 ___ de sucre
– 1 kilo ___ oranges
– 2 ___ de pommes
– 500 grammes ___ beurre
– 1 ___ d'eau
– 400 grammes ___ jambon
– 150 ___ de beurre
– 1 kilo ___ tomates
– 2 ___ de jus d'orange
– 1 ___ de carottes
– 500 ___ de champignons

Bilan ⇨ pages 77 à 79
Entraîne-toi ! ⇨ Cahier pages 65 à 68

Les nombres ordinaux

Observe l'image et complète les phrases avec les nombres ordinaux qui conviennent.

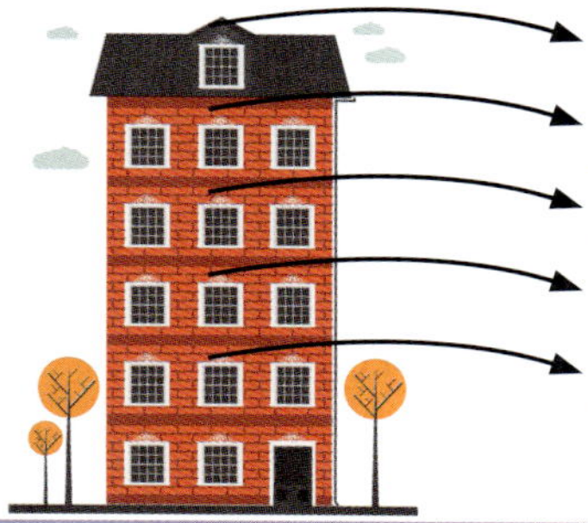

Thibaud et Mathéo
Julie
Aline et Léo
Monsieur Laporte
Le dentiste

Ils habitent au cinquième étage. C'est *Thibaud et Mathéo.*

1 À quel étage habite le dentiste ? Au ___ étage.
2 Elle habite au quatrième étage. C'est ___ .
3 À quel étage habitent Aline et Léo ?
Ils habitent au ___ étage.
4 Qui habite au deuxième étage ? C'est ___ .

En quel siècle ils/elles sont nés/es ? Écris en lettres.

Catherine de Médicis est née au *seizième* (XVIe) siècle.

1 Picasso est né au (XIXe) siècle.
2 Olympe de Gouges est née au (XVIIIe) siècle.
3 Rosa Parks est née au (XXe) siècle.
4 Léonard de Vinci est né au (XVe) siècle.

Les verbes en *-cer* comme *commencer*

Conjugue les verbes au présent.

Vous *commencez* (commencer) à 8 heures.

1 Lou et Leïla (tracer) un dessin à la craie sur le sol.
2 Nous (effacer) le tableau après le cours.
3 L'employé (placer) les spectateurs dans la salle.
4 Tu (commencer) à faire les tâches ménagères.
5 Elles ne (renoncer) jamais à leurs objectifs.

Les prépositions et les adverbes de lieu

Remplace les mots soulignés par leur contraire.

Ma chambre est <u>près</u> de la cuisine.
⇨ *Ma chambre est <u>loin</u> de la cuisine.*

1 Sara et Alex habitent <u>ici</u>.
2 Amin habite <u>derrière</u> le lycée.
3 La bibliothèque est <u>loin</u> de chez vous.
4 C'est <u>là-bas</u> le cinéma ?

5 **Observe les images et complète les phrases pour dire où se trouve le chat.**

 Il est *devant* la plante.	 1 Il est ___ la plante.	 2 Il est ___ des plantes.
 3 Il est ___ la plante. Il est ___ .	 4 Il est ___ la plante. Il est ___ .	

Les verbes irréguliers *sortir* et *partir*

6 **Fais des phrases avec les mots donnés.**

Sortir avec ses amis (Tu / Nous)
⇨ *Je sors avec mes amis. Nous sortons avec nos amis.*

1 Partir en vacances (Tu / On)
2 Dormir chez une amie (Lou / Lou et toi)
3 Sortir du musée (Nous / On)
4 Sentir bon (Ces fleurs / Ton nouveau parfum)

La fréquence

7 **Fais des phrases avec les expressions et mots donnés.**

souvent deux fois par semaine jamais
tous les jours

Les tâches de Simon :
(–) Laver la cuisine. ⇨ *Simon ne lave jamais la cuisine.*

1 (++) Arroser les plantes.
2 (+++) Ranger sa chambre.
3 (–) Laver la salle de bains.
4 (++++) Ranger le salon.

La comparaison

8 **Fais des comparaisons avec les éléments donnés.**

Ma chambre est (+ / confortable) sa chambre.
⇨ *Ma chambre est plus confortable que sa chambre.*

1 La cuisine est (– / grande) le salon.
2 Ton nouvel appartement est (= / sympa) l'ancien.
3 Ma maison est (+ / calme) ton appartement.
4 Mon appartement est (– / charmant) ton studio.
5 Mon balcon est (= / grand) ta terrasse.

Bilan ⇨ pages 77 à 79 Entraîne-toi ! ⇨ Cahier pages 69 à 72

Entraîne-toi !
Unité 5

Exprimer la possibilité

1 Complète avec le verbe *pouvoir* au présent.

Les élèves *peuvent* assister au spectacle gratuitement.

1 Je ____ manger la dernière part de gâteau ?
2 Nous ____ vous accompagner au ciné ?
3 Elle ne ____ pas participer à la pièce de théâtre.
4 Tu ____ m'aider à faire mes devoirs, s'il te plaît ?
5 Les enfants, vous ____ faire la vaisselle ?
6 Elle est punie, elle ne ____ pas sortir.

2 Remets les mots dans l'ordre.

entrer / ta / Je / peux / chambre ? / dans
⇨ *Je peux entrer dans ta chambre ?*

1 pouvez / vos / notes ? / Vous / prêter / me
2 fenêtre ? / Tu / ouvrir / peux / la
3 aux / toilettes ? / aller / pouvons / Nous
4 resservir / soupe ? / la / de / peuvent / Ils / se
5 manger / chocolat ? / un / peut / On

Exprimer l'obligation avec *devoir*

3 Choisis la forme du verbe *devoir* qui convient.

Tu ***dois*** / **devons** / **devez** terminer tes devoirs.

1 Les élèves **doit** / **devons** / **doivent** arriver à l'heure en classe.
2 Vous **doit** / **devez** / **doivent** être plus respectueux.
3 Les habitants **devons** / **devez** / **doivent** être solidaires après la tempête.
4 Je **dois** / **doit** / **devons** terminer ce travail pour demain.
5 Nous **devons** / **devez** / **doivent** tous participer aux tâches ménagères.

Exprimer l'obligation avec *il faut*

4 Transforme les phrases avec *Il faut* + infinitif.

Sois plus respectueux avec les autres.
⇨ *Il faut être plus respectueux avec les autres !*

1 Vous devez sortir de la salle maintenant.
2 Nous devons être à l'heure.
3 Demandez la permission avant !
4 Tu dois ranger le matériel !
5 Vous devez vous brosser les dents après chaque repas !

L'impératif affirmatif et négatif

5 Associe chaque phrase à la même phrase à l'impératif affirmatif.

Tu as confiance en toi. ⇨ *Aies confiance en toi !*

1 Tu chantes toute la journée.
2 Nous sommes solidaires.
3 Vous dansez à toutes les fêtes.
4 Tu souris souvent.
5 Nous prenons le temps de vivre.

a Soyons solidaires !
b Dansez à toutes les fêtes !
c Chante toute la journée !
d Prenons le temps de vivre !
e Souris souvent !

6 Conjugue les verbes à l'impératif affirmatif ou négatif.

Soyons (Être / nous) polis et respectueux !

1 (Lever / vous) le doigt pour prendre la parole.
2 (Écouter / tu) les autres.
3 (Partager / nous) nos idées.
4 (Ne pas faire / tu) de bruit.
5 (Être / vous) tolérants et solidaires les uns ave les autres.
6 (Ne pas arriver / nous) en retard !

7 Transforme ces phrases à l'impératif négatif.

Parlez fort à la bibliothèque !
⇨ *Ne parlez pas fort à la bibliothèque !*

1 Prenons des photos au musée !
2 Casse le matériel !
3 Mettez vos pieds sur la table !
4 Arrivons en retard !
5 Pars sans moi !

Bilan ⇨ pages 77 à 79   Entraîne-toi ! ⇨ Cahier pages 73 à 76

Le participe passé

Associe chaque infinitif à son participe passé.

boire ⇨ *bu*

1 gagner	a dû
2 devoir	b écrit
3 finir	c choisi
4 choisir	d parlé
5 écrire	e fini
6 parler	f gagné

Écris le participe passé de chaque infinitif.

apprendre ⇨ *appris*

1 aller	4 avoir	7 manger
2 faire	5 être	8 choisir
3 savoir	6 pouvoir	9 lever

Le passé composé avec l'auxiliaire *avoir*

Remets les mots dans l'ordre pour former des phrases.

terminé / J' / mes / ai / exercices / maths. / de

⇨ *J'ai terminé mes exercices de maths.*

1 tes / fini / Tu / as / études / dernière. / année / l'
2 examens. / avons / Nous / eu / nos
3 fini / le / Il / dernier. / a / formation / mois / sa
4 de / Vous / changé / avez / métier.
5 examens. / ont / passé / tous / Elles / leurs

Transforme les phrases à la forme négative.

On a gagné ! ⇨ *On n'a pas gagné !*

1 Vous avez fini votre travail.
2 Il a terminé son livre.
3 Elles ont révisé leurs leçons.
4 Hier, nous avons vu Lola.
5 J'ai fait la vaisselle après le dîner.
6 On a préparé l'exposé de demain.

Conjugue les verbes au passé composé.

Tu *as terminé* ton exposé ?

1 Ils (faire) un stage dans cette entreprise.
2 Vous (conjuguer) tous les verbes ?
3 Nous (finir) nos devoirs.
4 J'(adorer) le cours de musique.
5 Elles (travailler) dur cette année !

Les expressions de temps

6 **Observe les images et raconte ce que tu as fait. Aide-toi des expressions de temps.**

dimanche matin — ce matin — hier midi
la semaine dernière — l'année dernière
avant-hier soir — samedi après-midi

J'ai fait du vélo avant-hier soir.

Exprimer la cause, la conséquence et l'opposition

7 **C'est la cause, la conséquence ou l'opposition ?**

J'ai réussi parce que j'ai bien travaillé. ⇨ *la cause*

1 Tu es malade alors tu ne vas pas en cours.
2 Nous t'avons attendu mais tu n'es pas venu.
3 Ils sont en retard parce qu'ils ont rencontré un ami.
4 J'ai raté le bus alors j'ai marché.
5 Il a pris son parapluie mais il ne pleut pas.

8 **Complète avec *parce que, alors* ou *mais*.**

Tu arrives en retard *parce que* tu as raté le bus.

1 Il a beaucoup étudié ___ il a réussi son contrôle.
2 Elle est trempée ___ elle a oublié son parapluie.
3 Vous avez pris le bus en avance ___ vous êtes arrivés trop tard.
4 J'ai le temps ___ je t'ai attendu.
5 Nous sommes fatigués ___ nous avons beaucoup travaillé.

Situer dans le temps

9 **Complète avec *avant, maintenant* ou *après*.**

1 J'ai fait des crêpes. ___, je les mange, elles sont trop bonnes !
2 J'ai mangé les crêpes. ___, j'ai fait la vaisselle.
3 J'ai fait des crêpes. ___, j'ai acheté tous les ingrédients.

	INFINITIF	PRÉSENT	IMPÉRATIF	PASSÉ COMPOSÉ
Les verbes auxiliaires	Avoir	j'ai tu as il/elle/on a nous avons vous avez ils/elles ont		j'ai eu tu as eu il/elle/on a eu nous avons eu vous avez eu ils/elles ont eu
	Être	je suis tu es il/elle/on est nous sommes vous êtes ils/elles sont	sois/ne sois pas soyons/ne soyons pas soyez/ne soyez pas	j'ai été tu as été il/elle/on a été nous avons été vous avez été ils/elles ont été
Les verbes en -er	Aimer	j'aime tu aimes il/elle/on aime nous aimons vous aimez ils/elles aiment		j'ai aimé tu as aimé il/elle/on a aimé nous avons aimé vous avez aimé ils/elles ont aimé
	Acheter	j'achète tu achètes il/elle/on achète nous achetons vous achetez ils/elles achètent	achète/n'achète pas achetons/n'achetons pas achetez/n'achetez pas	j'ai acheté tu as acheté il/elle/on a acheté nous avons acheté vous avez acheté ils/elles ont acheté
	Préférer	je préfère tu préfères il/elle/on préfère nous préférons vous préférez ils/elles préfèrent		j'ai préféré tu as préféré il/elle/on a préféré nous avons préféré vous avez préféré ils/elles ont préféré
	Se lever	je me lève tu te lèves il/elle/on se lève nous nous levons vous vous levez ils/elles se lèvent	lève-toi/ne te lève pas levons-nous/ne nous levons pas levez-vous/ne vous levez pas	je me suis levé(e) tu t'es levé(e) il/elle/on s'est levé(e)(s) nous nous sommes levé(e)s vous vous êtes levé(e)s ils/ elles se sont levé(e)s
	Manger	je mange tu manges il/elle/on mange nous mangeons vous mangez ils/elles mangent	mange/ne mange pas mangeons/ne mangeons pas mangez/ne mangez pas	j'ai mangé tu as mangé il/elle/on a mangé nous avons mangé vous avez mangé ils/elles ont mangé
Les verbes irréguliers	Choisir	je choisis tu choisis il/elle/on choisit nous choisissons vous choisissez ils/elles choisissent	choisis/ne choisis pas choisissons/ne choisissons pas choisissez/ne choisissez pas	j'ai choisi tu as choisi il/elle/on a choisi nous avons choisi vous avez choisi ils/elles ont choisi
	Finir	je finis tu finis il/elle/on finit nous finissons vous finissez ils/elles finissent	finis/ne finis pas finissons/ne finissons pas finissez/ne finissez pas	j'ai fini tu as fini il/elle/on a fini nous avons fini vous avez fini ils/elles ont fini

INFINITIF	PRÉSENT	IMPÉRATIF	PASSÉ COMPOSÉ
Aller	je vais tu vas il/elle/on va nous allons vous allez ils/elles vont	va/ne va pas allons/n'allons pas allez/n'allez pas	je suis allé(e) tu es allé(e) il/elle/on est allé(e)(s) nous sommes allé(e)s vous êtes allé(e)s ils/elles sont allé(e)s
Faire	je fais tu fais il/elle/on fait nous faisons vous faites ils/elles font	fais/ne fais pas faisons/ne faisons pas faites/ne faites pas	j'ai fait tu as fait il/elle/on a fait nous avons fait vous avez fait ils/elles ont fait
Boire	je bois tu bois il/elle/on boit nous buvons vous buvez ils/elles boivent	bois/ne bois pas buvons/ne buvons pas buvez/ne buvez pas	j'ai bu tu as bu il/elle/on a bu nous avons bu vous avez bu ils/elles ont bu
Devoir	je dois tu dois il/elle/on doit nous devons vous devez ils/elles doivent		j'ai dû tu as dû il/elle/on a dû nous avons dû vous avez dû ils/elles ont dû
Pouvoir	je peux tu peux il/elle/on peut nous pouvons vous pouvez ils/elles peuvent		j'ai pu tu as pu il/elle/on a pu nous avons pu vous avez pu ils/elles ont pu
Savoir	je sais tu sais il/elle/on sait nous savons vous savez ils/elles savent		j'ai su tu as su il/elle/on a su nous avons su vous avez su ils/elles ont su
Partir	je pars tu pars il/elle/on part nous partons vous partez ils/elles partent	pars/ne pars pas partons/ne partons pas partez/ne partez pas	je suis parti(e) tu es parti(e) il/elle/on est parti(e)(s) nous sommes parti(e)s vous êtes parti(e)s ils/elles sont parti(e)s
Sortir	je sors tu sors il/elle/on sort nous sortons vous sortez ils/elles sortent	sors/ne sors pas sortons/ne sortons pas sortez/ne sortez pas	je suis sorti(e) tu es sorti(e) il/elle/on est sorti(e)(s) nous sommes sorti(e)s vous êtes sorti(e)s ils/elles sont sorti(e)s
Connaître	je connais tu connais il/elle/on connaît nous connaissons vous connaissez ils/elles connaissent		j'ai connu tu as connu il/elle/on a connu nous avons connu vous avez connu ils/elles ont connu

OXFORD
UNIVERSITY PRESS

Oxford University Press est un département de l'Université d'Oxford. En tant que partie intégrante de cette institution, il promeut l'objectif d'excellence dans la recherche et l'éducation grâce à ses publications dans le monde entier. Oxford et Oxford Educación sont des marques déposées d'Oxford University Press.

Publié en Espagne par
Oxford University Press España S. A.
Parque Empresarial San Fernando, Edificio Atenas
28830 San Fernando de Henares (Madrid)

ISBN : 978-01-905-4032-6
Dépôt légal : M-20023-2022

AUTEURS
Àngels Campà Guillem
Mercè Oliva Bartolomé
François Blondel
Cindy Daupras
Claire Lebeau
Stephanie Rivasseau
Florence Veillon

IMAGE DE COUVERTURE
123rf, auremar, **Pixabay,** eluela31.

ILLUSTRATEURS
Archives Oxford, Depositphotos, 13goat, alex_skp, Anna_leni, blackzheep, Blankstock, hollymolly, karolina.madej, kchungtw, Mr.Webicon, Oldesign, qklatan, **Nations Unies** (© 2022 Nations Unies. Réimpression avec l'accord des Nations Unies. Le contenu de cette publication n'a pas été adopté par les Nations Unies et ne reflète ni les opinions des Nations Unies ni celles de ses fonctionnaires ni celles des États Membres., Oxford University Press soutient les Objectifs de Développement Durable (ODD) <https://www.un.org/sustainabledevelopment/sustainable-development-goals>), **Pixabay,** byunilho, elrodion, fotoblend, **Shutterstock,** Andrii Arkhipov, Antonov Maxim, Buravtsoff, CHARTGRAPHIC, Fafarumba, jafara, Raura7, Tartila, Vector Icons, vector-RGB.

PHOTOGRAPHIES
123rf, Anna Om, Darren Baker, ferli, goodluz, Iakov Filimonov, lev dolgachov, Photographee.eu, Rudmer Zwerver, sam74100, sutichak, tspider, Vadim Guzhva, **360Cities,** Christophe Bocher, Kacper Kotowoda, Sergej Esnault, **AGE Fotostock,** Alamy, Christoph Keller, CSP_Elenathewise, daboost, David R. Frazier Photolibrary, Inc., Elena Mussi, Eskymaks, Fotosearch, Furo L Felix, Marcelo Rabelo/Panther Media, Patrick Forget, Paul Bradbury, photocreo, Rubens Alarcon, saharrr, Tom Merton, Top Photo Group, YAY Micro, Zoonar, **Archives Oxford,** Chris King, filmstudio/Storyblocks (Footage Firm, Inc.), Gareth Boden, Iñaki Preysler, Lucía Gallo, Mark Bassett, Mark Mason, **Coproduction les petits citoyens NEO digital, MAE, MAIF, Ministère de l'Éducation Nationale,** Agence Neo Digital (www.neodigital.fr) et L'association Les Petits Cito, **Coproduction RTBF- fédération télés locales asbl,** Archives Sonuma – RTBF - Les Niouzz : émission spéciale. Les Niouzz, Archives Sonuma – RTBF - Les Niouzz. La chandeleur (2016), **Depositphotos,** ake1150sb, alesix, alex_skp, AllaSerebrina, Amvorsuf, AndreyPopov, AntonLozovoy, Belchonock, bensib, BrunoG, CandyBoxImages, CavanImages, ChinaImages, Dagobert1620, dstaerk, dutourdumonde, Elnur_, encrier, ezumeimages, fotonen, Gilles_Paire, halfpoint, hamikus, IndiaPix, iriana88w, Ironsv, iuricazac, jogyabraham, klemenr, koanlila@gmail.com, KovalenkovPetr, LanaStock, Len44ik, lightpoet, lufimorgan, marcbruxelle, Marina_Tikhonova, monkeybusiness, Multiart, nalinrat, NewAfrica, nicomenijes, OceanProd, packshot, packshot, Paul_Cowan, peter77, phb.cz, photographee, pprothien, Rostislavv, route66, serezniy, stevanovicigor, studioM, Syda_Productions, TKKurikawa, tonodiaz, Triumph0828, underworld1, Vadymvdrobot, VitalikRadko, Wavebreakmedia, william87, Wirestock, **France5/2P2L avril 2014,** ON N'EST PAS QUE DES COBAYES, © FRANCE5/2P2L, **Freepik,** vanitjan, **Getty Images,** Brand X/Blend Images/KidStock, Christofer Dracke, Cultura RF, HannamariaH, Kevin Dodge, Marc Piasecki, Peopleimages, Stockbyte/Jupiterimages, **Pixabay,** jackmac34, JillWellington, PetrPodlesak, Pexels, sharonjoy17, taraghb, Vladvictoria, WikimediaImages, **Shutterstock,** Christian Jung, johnfoto18, 135pixels, Abo Photography, Africa Studio, Akkaradet Bangchun, Alena Ozerova, alpinenature, Antonio Guillem, Artazum, auremar, BearFotos, benjamas11, Binh Thanh Bui, Brent Hofacker, bru greg, Christian Jung, ConstantinosZ, dailin, Dani Vincek, Daniel Hoz, Dariush M, Daxiao Productions, Deep OV, DenisProduction.com, Diego Cervo, Dmytro Zinkevych, dotshock, Dragon Images, Drazen Zigic, Ellen19, Elnur, EQRoy, Everett Collection, Everything, Evgeny Karandaev, Felix Mizioznikov, ffolas, fizkes, Fototaras, freeskyline, G-Stock Studio, Gabi Moisa, Golden Pixels LLC, Gregory Gerber, Gregory Johnston, Hans Geel, ilona.shorokhova, Iryna Imago, jef77, Jose Angel Astor Rocha, KeyStock, Kiselev Andrey alerevich, LightField Studios, Lithiumphoto, Ljupco Smokovski, Lowphoto, Lukas Hodon, Lukas Uher, Maks Narodenko, Maria.Pop, Marilyn barbone, MARKABOND, Migel, Milica Nistoran, mimagephotography, Moha El-Jaw, Monkey Business Images, NagyDodo, Natalia Pushchina, oatautta, oliveromg, Oris Arisara, pathdoc, PavelShynkarou, photobank, Picturepartners, Prostock-studio, Radu Razvan, rawpixel, ricardomiguel.pt, Robyn Mackenzie, Roman Samborskyi, Shaun Dodds, smolaw, Stephen Farhall, Surne1shots, Tatiana Bralnina, Tatyana Vyc, Timolina, tmcphotos, TunedIn by Westend61, victoriaKh, vm2002, Voronin76, wavebreakmedia, WaveBreakMedia LTD, WS-Studio, Yuri A, ZaZa Studio, **TV5 Monde,** Monde Moderne/Studio Bruno Moynié.